오조 단편집

나나처럼 입기

차례

나나처럼 입기

한정규가 고된 하루를 마치고 집에 돌아왔을 때, 그를 반기는 건 옷걸이에 몸이 걸린 고용인이었다.

"여어. 오늘 멋진데, 소개팅?"

여자가 손을 흔들었다. 기역자로 꺾인 팔꿈치 때문에 인사보다는 각기 춤 같았다. 한정규는 들은 척도 않고 겉옷을 벗어 여자의 얼굴 앞에 걸었다. 모직 코트가 얼굴을 덮치자 여자는 고개를 흔들며 성긴 털을 뱉었다. 읍페페. 그리고 다시 코를 박았다.

"회식이군. 냄새 좋은데, 소고기?"

"돼지고기. 다 맡았으면 스타일러에 좀 넣어

줄래?"

"진작에 넣었어야지. 이미 내가 걸린 옷에도 냄새 다 뱄어."

이거 봐. 딱 붙어서 더 배게 만들 거야. 와인색 가죽 재킷에 양팔을 끼워 넣은 여자가 코트를 끌어안고 몸을 문질렀다. 탈취제를 꺼내 오던 한정규가 질색하며 멈춰 서자, 이번에는 앞뒤로 몸을 까딱이며 디스코 춤을 췄다. 가슴을 내밀었다가 배를 내밀었다가.

"나를 갖고 싶나요?"

여자가 물었다. 한정규는 들은 체도 안 하고 여자의 얼굴에 탈취제를 뿌렸다.

한때 B사에서 방영했던 한밤의 예능 《개그 카니발》. 새빨간 드레스를 입은 코미디언 H가 헛소리하는 남자들의 얼굴에 깃털 부채를 내려치며 독설을 퍼붓던 간판 코너 '마성의 레드'였다. 남자들이 당황하면, 그녀는 다시 농염하게 돌변해 붉은 입술을 내밀며 외쳤다. 나를 갖고 싶다면!

"용기 내 보아요. 도전해 보아아아요."

"그만해. 안 웃겨. 너 재능 없어."

"심심한데 어떡해? 나돌지를 말든가."

"너, 나 없이 살 수 있어?"

"못 살지. 그러니까 집에 올 때마다 이렇게 환영하지."

옷걸이의 쇠고리와 행거가 마찰해 듣기 싫은 소리를 냈다. 한정규는 인상을 썼고, 고개를 푹 숙였다. 한숨도 쉬었다. 진절머리의 삼단 콤보. 그러나 여자는 오늘따라 멈출 생각이 없었다. 평소 같으면 안 웃기다는 말에 금세 풀이 죽는데 그간 웃기다는 말을 너무 못 들어 살짝 미쳤나? 충분히 가능성 있었다. 한정규는 잠시 고민했다.

"그래, 너 웃겨. 오늘따라 괜찮다."

"진심이 없어."

맞아. 진심이 아니야. 한정규는 그 말과 함께 여자를 옷걸이째로 번쩍 들어 올렸다. 도망을 갈래도 자신을 끼워 넣은 옷걸이에 자승자박한 여자가 활어처럼 몸을 비틀었다. 천장에 쇠고리가 쿵쿵 찍혔다.

"조심해. 층간 소음으로 신고 들어와."

내려놔, 그럼! 괜찮아. 벌금 낼 만큼은 벌어. 한정규가 욕실 문을 열고서 단박에 여자를 욕조 속으로 던져 넣었다. 가득 차 있던 물이 밖으로 왈

칵 넘치는 걸 보고는 약간 우울해졌다. 자신의 퇴근 시간에 맞춰 받아 놓은 목욕물이 이런 식으로 이용되다니. 하지만 실행하지 않았다면 여자를 잠재울 수 없었을 것이다. 한정규가 생각하기에 그녀는 조증이 좀 있었다.

여자가 재킷을 머리로 받으며 팔을 마구 휘저었다. 재킷과 수면 사이의 좁은 틈에서 숨도 쉬고 고함도 치느라 바빴다. 한정규는 여자를 고이 내버려둔 채 욕실 문도 친히 닫아 주고서, 냉장고에 맥주를 꺼내러 갔다. 미리 메리 치얼스. 퇴근 때마다 고강도의 정신노동을 이겨내는 그 자신을 위하여.

지켜보던 한정규가 사라지자 여자는 놀랍도록 조용해졌다. 현란하게 몸부림치던 좀 전까지의 모습은 뒤로하고 가죽 재킷을 차분히 손날로 밀어 치웠다. 욕실 바닥에 팽, 하고 코도 풀었다. 치사한 자식. 한 번을 안 웃어 주는군. 그런 의미였다.

그녀는 턱과 이마, 목 주변을 손으로 긁기 시작했다. 앉은 채로 긁다가 물기가 말라 없어지자 아예 다시 물속으로 잠수했다. 수면 위로 보글거리는 기포가 올라왔다. 숨이 차면 몸을 일으킬 만도 한데, 여자의 손짓과 호흡이 일으키는 물보라만 더 거세졌다. 이윽고 무언가 물 위로 떠올랐다.

여자의 얼굴이었다.

유려한 콧대와 꼬리가 긴 입술이 물 위를 둥둥 떠다녔다. 가장자리에 연결된 귀와 여태 생생한 장밋빛 뺨의 혈색. 눈알이 들어갈 자리가 텅 빈 것만 빼면 완전한 이목구비였다. 생판 모르는 사람이 이 광경을 보았다면, 잠시간은 물속에서 여자의 목이 잘렸다고 착각했을 것이다.

다행이라고 해야 할지. 여자는 금방 몸을 일으켰다. 한정규가 그랬듯이 자신의 '얼굴'을 욕조에 버려두고서, 아무 데나 물을 흘리며 거실로 직행했다.

"회에 맥주? 진심일까?"

"싫으면 자."

"내가 소주 사 오면 되지. 신난다, 손도 있고 발도 있네."

한정규는 낮은 식탁에 우럭 회를 놓다 말고 여자를 바라봤다.

"그 얼굴로 밖에 돌아다니려고? 진심일까."

"아쉬운 소리를 해 본 거지. 내가 충청도 출신이라 말을 좀 돌려 해. 뭐든지 간에 돌리는 걸 좋아해."

여자가 세로 방향으로 세워져 있던 스탠바이미를 가로로 돌렸다. 채널을 입력하자 토요일 밤 정규 코미디 프로가 막 방영하고 있었다. 시즌 5의 루키 멤버를 대부분 갈아엎고 새출발했으니, 관객들의 눈을 확 사로잡으면서도 어느 정도 흥행 보증이 되는 게스트가 필요한 시점이었다. 말 그대로 톱스타. 최고로 핫한 화제의 인물.

코너가 시작되자 경쾌한 음악과 함께 게스트가 걸어 나왔다. 몸에 딱 붙는 금빛 셔링 미니드레스를 입고 레드 카펫을 밟는 그녀의 이름은 '나나'. 요즘 가장 많은 러브콜을 받는 신예 배우이자 영화감독 나필섭—활동명은 '알렉산더'—의 딸이며, 지금 한정규의 옆자리에 앉아 초간장에 회를 찍어 먹는 여자였다. 정확히는 좀 전까지 그랬다. 여자가 욕조에 뜯어 던진 얼굴이 바로 나나의 것이었다. 화면과 여자의 얼굴을 번갈아 보던 한정규가 손을 뻗었다. 여자의 턱을 살살 긁더니, 작은 조각 하나를 마저 뜯어냈다.

"이걸 왜 아직 붙이고 다녀. 너 팩 안 해? 얼굴 다 상해."

"상하라 그래."

상하는 김에 웃겨지면 더 좋고. 여자는 이제 모니터링에 별 관심이 없었다. 특수 분장으로 나나의 얼굴을 달고 저 연기를 한 것이 자신이었고, 어떤 전개로 흘러갈지 어떤 대사를 할지도 다 알았다. 그게 얼마나 재미없을지도.

또 다른 게스트로 섭외된 유명 래퍼 브론즈가 신명 나는 랩을 선보였다. 그의 팔짱을 끼고 여친 노릇을 하던 화면 속 '나나'가 꺄악, 소리를 지르더니 뒤따라 랩을 했다.

웰컴 세러데이 나잇 롸이브 코뤼아. 내 청담동 네일 럭셔리. 내 남자친구는 핸섬 럭비보이. 니가 부장 발꼬락을 빨아도 나보단 언럭키. 오늘 밤은 오나전 럭키비키예요. 되도 않는 싸이퍼에 브론즈와 그의 힙합 크루가 욕을 퍼부었고 나나는 천진난만하게 웃었다. 마침내 기를 쓰고 모니터링하던 한정규마저 고개를 돌렸다. 여자는 그게 좀 우스워서 웃었다.

"자존심 상해. 내가 비록 코미디 오디션을 다

떨어졌을지언정 저것보다는 웃길 수 있어. 나나가 아무리 맹한 애라도 그렇지, 저런 캐릭터를 주냐? 회화화도 저 정도면 범죄인데… 알렉산더가 고소 안 한대?"

"내가 아는 알 감독은 어그로 끌었다고 좋아하면 좋아했지 고소는 안 해. 에이미 와인하우스 아빠 같은 사람이거든. 딸이 우울증으로 휴양하러 떠난 섬에 다큐 제작진 불러들일 위인이지."

"으. 난 감독이 싫어."

"개림아. 나도 감독이야."

한정규가 어이없는 얼굴로 여자를 돌아보았다. 계림이 정색하고 대답했다.

"그러니까. 싫다고. 그리고 '계'자가 좀 짧다. 그렇게 발음하는 거 아닌데."

"외국 물 먹어서 그래. 한국에 고립되어 살아간 네가 이해해."

계림은 얼마 전부터 스타 영화감독 한정규에게 고용되어, 최근 행방불명된 그의 약혼녀이자 영화계의 슈퍼 루키인 '나나'로 살아가는 중이었다. 일종의 인생 대역. 나아가 '직업이 나나'라고 해도 무방했다. 그전에는 맥줏집에서 아르바이트를 했고, 대학로 연극에도 출연하고, 공중파 드라마 보조 출연도 했다. 그러나 한평생 그녀의 꿈은 코미디언이었다. 계림에게는 곧 죽어도 코미디언이 될 수 없는 치명적인 결함이 있었다. 부족한 센스나 지지리도 없는 운 따위는 그것에 비하면 아무것도 아니었다.

"그러고 보니 스케줄 중에 코미디 프로는 처음이던가?"

한정규가 잔을 들어 내밀었다.

"데뷔 축하해."

계림은 시큰둥하게 잔을 맞부딪혔다. 이게 자신이 할 수 있는 최선의 코미디 데뷔라는 생각이 들자, 왠지 서글퍼서 자꾸만 툴툴거리게 되었다.

"치욕이군. 정규 씨, 저들이 뭘 노렸는지는 알겠어. '헤이 모두들 안녕, 내가 누군지 아니?', '이하! 늬다!' 이런 거 하고 싶었나 보지. 근데 나나 같은 애로는 안 된다고! 나나한테서는 그만큼의 센스가 안 보여. 당신한테 미안한 말이지만, 애가 총명하지 않아!"

"잘 참았어. 그렇지만 오디션 다 떨어져 놓고

네가 할 소리는 아니야."

한정규는 계림의 등을 두드려 격려했다. 이런 식으로 함께 모니터링을 한 뒤 월급을 차감하거나 인센티브를 지급하고는 했다. 한정규는 화풀이하듯 회를 뭉텅이로 쑤셔 넣는 계림의 옆얼굴을 쳐다보았다. 봉긋한 이마와 수술 없이 만들었다고 믿기 어려운 높이의 콧대하며 육안으로도 필터를 씌운 듯한 눈 크기….

절대 예쁠 수가 없는 각도와 조명이었다. 늘어난 티를 입고 화투 치는 자세로 앉아 우럭을 우걱우걱 씹어대는 중에도 계림의 얼굴은 그 모든 게 무색할 정도로 아름다웠다. 나나도 도회적인 세련미를 가진 미인이었지만 계림에 비할 수 없었고, 약혼자 한정규의 눈에도 예외가 없었다. 가짜 얼굴을 모델링할 당시에 어디를 어떻게 퇴화시켜야 나나와 비슷해질지 고민했을 정도니까.

이것이 바로 그녀가 코미디언이 되지 못한 이유였다. 3대 기획사는 물론 받은 명함으로 벽지를 바를 수도 있는 계림이었지만, 영영 그녀를 코미디언으로 데뷔시켜 주겠다는 회사는 나타나지 않았다. 결국 생활고에 시달려 한정규의 손을 잡고 나나로서 살게 된 이 삶이 그녀 인생 최고의 코미디였다. 계림은 웃음소리가 끊이지 않는 스크린을 보다가 울적해졌다. 한정규에게 촬영장에서 들은 아무 가십이나 늘어놓았다. 저 MC 바람피우던데. 여친 있지 않아? 걔 원래 피워. 그리고 아내도 있어. 아니, 남자랑. 헐. 취기가 오른 계림이 조금 침울해진 것 빼고는 시시콜콜한 모니터링의 밤이었다. 감점도 가산점도 없는.

슬슬 졸린지 얼굴을 쓸던 한정규가 갑자기 생각난 듯 말했다.

"아참, 세탁비 월급에서 깔게. 비싼 거야."

"에라이 씨. 회도 한 점 한 점 계산하지 그래?"

"그럴까?"

"아뇨, 들어가시지요. 잘 먹었다요."

계림이 남은 회를 쓸어서 먹음과 동시에 한정규도 방으로 들어갔다. 그가 사라진 자리에는 딥디크의 재수 없는 향수 냄새가 났다. 계림은 먹은 것을 하나도 치우지 않고 소파에 드러누웠다. 어차피 못 견딜 때까지 내버려 두면 한정규가 알아서 할 것이다.

계림이 꾀죄죄한 모습으로 눈을 떴을 때는 새

벽 네시 즈음이었다. 어딘가에서 계속 쿵쿵대는 소리가 들렸다. 무언가 긁는 소리 같기도 하고. 계림은 익숙하게 벽을 더듬어 인터폰을 찾았다. 한정규에게 익히 들은 바 있었다. 이 아파트의 펜트하우스에서 리모델링을 하고 있어 종종 이런 소음이 들린다고. 하여간 더러운 부자 새끼들 밤낮 가릴 줄을 모르고.

계림이 부은 눈을 문지르며 키패드의 숫자 '4'를 두 번 눌렀다. 펜트하우스에서 시끄럽게 할 때 이렇게 하면 관리실에 신고가 들어간다며 한정규가 알려 주었다. 그의 말대로 어디선가 진동이 길게 울리다가, '삑'하는 소리가 들리다가, 이내 조용해졌다. 계림은 다시 담요로 온몸을 휘감고 잠에 빠졌다.

계림

계림은 허망한 얼굴로 Z사 3층 여자 화장실에서 넋을 놓았다. 때는 코미디언 마지막 기수, 32기 공채 2차 시험 날이었다. 차례를 마치고 뒤돌아 나가면서부터 망했음을 느꼈다. 끝내 계림을 한 번 힐끔거리지도 않는 심사위원들과 그 차가운 공기. 성급히 폭염주의보가 울리던 7월에 계림은 지상 최대의 한파를 맛보았고 잇따른 격정의 세수로 자신을 해동시킨 후에 그 모든 발버둥의 산물과 직면했다. 물바다가 된 세면대. 갈가리 찢긴 이름표 스티커. 나이아가라 폭포로 뛰어든 듯한 자신의 몰골.

그래. 이 몰골.

몰골이 문제였다. 계림은 천천히 발표하듯 손을 들었다. 그리고 그대로 자신의 뺨을 내리쳤다. 반대 손으로도 쳤다. 처음에는 양 손바닥이었던 게 양 주먹으로 바뀌었지만, 그녀는 아랑곳하지 않았다. 천생 간호사들도 자기 손으로 자기 몸에 바늘을 찌르는 게 처음에는 무섭다는데, 계림은 그 순간 Z사 사옥에서 가장 용기 있는 여자였다. 미친 듯이 스스로 후려갈겼다. 나중에는 한 손으로 멱살을 잡고 더욱 효율적으로 얼굴을 가격하는 재치마저 보여줬다. 이 재치를 시험장에서 보여 줘야 했는데. 왜 필요한 기지는 때를 맞춰 찾아오지 않는가.

계림은 다시 거울을 봤다. 그제야 눈물이 떨어졌다. 아파서 우는 게 아니었다. 오디션을 망친 이래로 그녀의 통각은 줄곧 마비 상태였다.

"경국지색이잖아."

그녀가 흐느꼈다. 맞기 전에 침어낙안, 폐월수화였던 것이 맞은 후에 경국지색 정도로 강등당했을 뿐이었다.

이 죽일 놈의 아름다움. 호박에 줄 긋는다고 수박이 되지 않듯이 수박의 줄을 지운다고 호박이 되지도 않았다. 물을 맞으면 청초했고 주먹을 맞으면 처연했다. 계림은 오디션 도중 심사위원들의 표정이 좋지 않자, 미녀 개그우먼 J씨의 합격 일화를 떠올렸다. 그녀는 너무 붙고 싶은 마음에, 무릎을 꿇고 양희은의 〈아침 이슬〉을 부르며 라이터로 머리를 지졌다고 한다. 그것이 22기

때의 일이고 그녀가 너무 유명해진 관계로 레퍼런스로는 쪽도 붙일 수 없었다. 비슷한 종류의 콩트는 더 과격해야만 눈길을 끌 수 있었다. 그러나 여기서 더 무엇을 과격히 하겠는가.

연기만 나고 타지 않는 머리카락을 지질 때나 웃는 거지 혓바닥이나 눈꺼풀을 지지기 시작하면 더 이상 코미디가 아니라 슬래셔다. 그런 식으로 사람의 신성한 웃음을 갈취하려는 시도 자체가 글러 먹은 것이었다. 이는 넷플릭스에서 코믹 태그를 걸어놓고 '인간의 욕망' 운운하며 슬래셔 무비를 선보일 때마다 계림이 했던 방구석 평론이었다. 하지만 정작 자신이 곤경에 처하자 이런 생각이 머리를 메울 만큼 다리에 힘이 풀리고 절박하게 된다는 것이 계림은 너무나도 슬펐다. 이토록 코미디를 갈망하는 마음이. 가진 것에 만족하며 감사하지 못하게 만드는 자신이라는 인간의 욕망이 너무나도, 너무나도 슬펐다.

화장실 칸의 문이 스르륵 열리더니 웬 여자가 고개를 내밀었다. 대기실에서 본 여자였는데, 영국의 어떤 축구선수를 닮았다. 그녀는 거울에 비친 계림의 쥐어 터진 얼굴을 보고 상당히 놀란 눈치였다. 여자가 입술에 침을 바르고 앞머리를 매만지더니 계림에게 허리를 숙여 인사했다.

"선배님, 안녕하십니까."

계림은 그녀를 돌아보지도 않고 물었다.

"저 아세요?"

"네?"

"제가 누군지 아세요? 무슨 선배인지도 모르고 안녕하냐고 물으신 거죠?"

여자는 자신과의 치열한 싸움 끝에 저는… 하고 운을 띄웠다.

"아니에요. 저는, 일반인이에요."

"아, 넵, 죄송합니다. 그럼."

이번에는 목을 쭉 빼서 인사한 여자가 쏜살같이 사라졌다. 훗날 그녀는 공채에 합격했고 각종 개그 프로가 폐지된 후에도 삼백만 코미디 유튜버로 대성공을 거두었다. 계림은 그녀와의 만남을 통해 될 놈은 어떻게든 된다는 인생의 교훈을 깨우쳤다.

안 될 놈 계림은 집 가는 길에 받은 명함으로 눈물을 닦고 동생의 조언에 따라 정극 드라마의 엑스트라와 쇼핑몰 모델로 활동하기 시작했다.

생활고에 시달렸기 때문이다. 그러나 진심도 열정도 패기도 없었다. 어떤 기획사의 관계자는 왜 파트타임 지원만 하고 정식 연예인으로 계약을 해 주지 않냐며 불쑥 화를 내기도 했다. 이런 얼굴을 썩히는 건 죄라고요! 계림은 차게 식은 현미녹차로 목을 축였다. 그리고 말했다.

썩히고 싶지 않아요. 썩히겠다고 한 적이 없어요. 남을 웃기는 데 쓰고 싶다고요. 웃기는 건 좋은 거잖아요. 좋은 걸 하겠다는 좋은 마음에 왜 화를 내시는 거예요? 저 아세요? 저를 낳으셨나요? 왜 멋대로 제 죄를 측정하고 벌을 주세요? 도스토옙스키의 후손이신가요? 그런데 왜 도 씨가 아니세요? 계림이 울분을 쏟아내는 와중에도 관계자의 뒤에서는 그의 지인으로 보이는 드라마 작가가 계림을 힐긋힐긋 쳐다보며 그녀의 명대사를 받아적고 있었다. 실시간으로 영감 따위를 받는 모양이었다. 아아, 또 뮤즈가 되어버린 걸까. 계림은 그 길로 기획사를 나왔다.

그녀가 어떤 선택을 하든 정당한 인건비를 지불하고 촬영된 편집본은 삭제되지 않는 법이다.

어김없이 백수가 되어 집에 돌아갔을 때는 계림의 여동생과 그의 아들딸들이 떡볶이를 시켜 놓고 기다리고 있었다. 나름 계림이 첫 공중파 방송을 탄다고 저들끼리 축하 파티를 준비한 것이었다. 계림은 엽기떡볶이 통에 얼굴을 처박고 먹었다. 팔로 배달 용기를 꽉 끌어안고서 달려드는 조카들로부터 떡볶이를 사수했다.

"야, 너는 엄마가 돼 가지고 애들한테 벌써 엽떡을 가르쳐? 너는 진짜 나쁜 엄마야. T사에 되게 나쁜 엄마 나오는 드라마 봤냐? 네가 거기 나오는 엄마보다 더 나빠."

조카들이 머리카락을 다 쥐어뜯어도 배달 용기와의 포옹을 멈추지 않았다.

계림이 엑스트라로 출연한 학교물 드라마가 시작되었다. 점점 촬영한 장면이 가까워졌다. 계림에게 탈모보다 두려운 게 있다면, 누구에게도 안아달라고 할 용기가 나지 않는 지금 이 순간이었다.

"뭐고? 와 턱주가리만 나오노? 언니 여주연이 바로 뒤에 있었담서."

명문고 교복을 입은 학생들이 강당에 서서 조

례를 하는 장면이었다. 계림은 여자 주인공 여주연의 사선 뒷자리를 배정받아 원래라면 빈번하게 풀샷에 걸려야 했다. 그러나 카메라가 계림을 비출 때쯤이면 앵글이 절묘하게 잘려 턱까지만 보였다. 그마저 블러 처리에 먹혀, 여동생조차도 계림의 턱 아래 있는 짙은 점으로 겨우 구분했다.

"너 언제부터 사투리를 썼어?"

"언니야, 관심이 없어도 너무 없다. 남 서방 경상도 출신."

"아니 그건 아는데… 이렇게까지 옮나?"

"사랑해가 닮았다. 말 돌리지 마라. 와 저래 됐는데? …와, 넘 이뻐가 턱주가리 위로 다 잘랐다드나."

장난으로 던진 말에 계림은 아무런 대답도 하지 못했다. 정신 질환에 걸린 비버처럼 앞니를 딱딱거리며 어묵만 씹었다. 동생의 얼굴에서 웃음기가 싹 가셨다.

"진짜가."

조카들에 동생까지 합세해 계림의 온몸을 흔들었지만, 그녀는 이미 모든 의욕을 상실한 상태였다. 여자 주연보다 예뻐서 얼굴이 다 잘린 일보다 계림을 무력하게 하는 것은, 공중파 정국에서는 저렇게 몇 시간 서 있기만 해도 50만 원을 준다는 사실이었다. 간절하게 하고 싶은 일은 계림을 먹여 살리지 못했고, 어떤 감흥도 삶의 의지도 발생하지 않는 일은 계림에게 돈을 줬다. 많이 줬다.

계림은 맥줏집에서 아르바이트를 시작했다. 방송 업계와 관련해서는 학을 뗐다. 희망 고문의 여지가 있는 업종에서 완전히 벗어나, 관심이 없다 못해 꺼리는 일을 하기로 했다. 계림은 소주를 꽤 마셨는데 맥주는 한 모금만 마셔도 취했다. 그 외에 튀김 냄새. 아저씨들의 고성. 마감 때마다 하는 대걸레질. 완벽한 일자리다.

홀 바닥에 대걸레를 밀면서 주로 듣는 노래는 비욘세의 〈Love on Top〉이었다. 마감이 좀 빠르면 빌리 아일리시의 〈wish you were gay〉가, 좀 늦어지면 장범준의 〈당신과는 천천히〉가 나왔다. 그날도 〈Love on Top〉을 듣는 무난한 일정을 소화하고 있었다.

딸랑. 종이 울리자, 계림은 무심코 대걸레 손잡이에 올린 중지를 불안하게 까딱였다. 이 시간대에 가장 반갑지 못한 소리였다. 이윽고 매끈하게 잘 관리된 구두가 시야에 걸리자 조금 안심했다. 떼거리가 아니었고 옷차림이 단정하다면 높은 확률로 계림의 상대가 아니었다. 아마도 빚이 좀 있어서 가게에 잘 안 나오는 사장의 상대가 아닐까.

"어서 오세요(오지 마세요). 사장님 지금 안 계신데 번호 남겨 드릴까요?"

"계림 씨 맞으시죠?"

계림은 자신의 유니폼에 버젓이 달린 명찰을 보았다. 대뜸 이름을 부르기는 했지만, 그것만으로 신상을 털었다고 단정할 수는 없었다.

"그런데요?"

계림이 노동과 돌발 상황에 찌든 탁한 눈으로 남자를 올려다봤다. 검정 뿔테 안경에 옥스포드 셔츠, 브라운 정장을 빼입은 그가 명함을 내밀었다. 규정한. 남자의 이름이었다. 독감. 직업이 독감이라니 특이한데.

"독감?"

"감독 한정규입니다. 캐스팅을 좀 하고 싶은데요."

"저를 캐스팅한다고요? 뭘 보고요?"

"턱?"

"턱을 보고…."

음, 이게 더 독특하네. 계림이 제법이라는 얼굴로 고개를 끄덕였다.

"물론 턱 아래도 봤죠. 출중하던데."

"신고할게요."

계림이 앞주머니에서 휴대폰을 꺼내자 남자가 손을 뻗어 제지했다. 순간적으로 계림은 남자와 눈이 마주쳤다. 남자의 눈동자에서는 계림이 아주 오랜만에 느끼는 빛이 보였다. 오만의 빛. 갑 중 갑의 빛. 단순히 직장 내 지위나 사회적 자아가 뿜어내는 게 아니었다. 계림은 무심코 어금니를 꽉 물었다. 이 남자에게는 무엇으로도 깰 수 없는 이데아가 있고 수년간 공고히 쌓아 올린 야욕이 느껴졌다. 아주 오랜 시간 갑의 삶을 살아왔을 것이다.

그러나 태생부터 갑은 아니었을 것이다. 이 사실이 남자의 빛을 더욱 예리하게 만들었다. 캐스팅을 하러 왔다면서 전혀 웃지 않는 그가 진지하게 덧붙였다.

"제 출중은 기준이 달라요."

"나나라는 배우 알아요?"

한정규가 물었고 계림은 어이없는 표정으로 대답 대신 고개를 돌렸다. 이들은 계림의 아르바이트 마감이 끝나고 또 다른 맥줏집에 와 있었다. 열린 문 바깥으로 화장품 가게가 보였다. 가게 유리창에는 라이징스타 나나의 얼굴이 대문짝만하게 걸려 있었다.

"잘 아네요. 제 예비 신부인데 지금 실종 상태입니다."

"오우, 씨. 왜 알려 줘요. 저 이런 가십에 진짜 취약한데. 너무 관심 없어서 무슨 반응을 해야 할지 모르겠다고요."

"그게 아마 당신이 코미디 공채에 낙방한 이유일 겁니다. 코미디언이라면 머지않아 뉴스가 될지 모르는 가십에 귀를 활짝 열어야죠."

"아픈 데를 죽으라고 찌르네. 그쪽 신부도 이래서 도망간 거 아니에요?"

"맞습니다. 역시 잘 아네요."

계림이 프레첼을 먹다가 기침했다.

"도망을 갔어요. 어디로 갔는지는 모르고 찾는 중입니다. 결혼하기 싫을 겁니다. 저랑은 원래 만나던 사이였지만 한나와 저 둘 다 결혼은 늦게 하고 싶었죠. 한나야말로 지금 최고의 주가를 달리고 있고, 저도 크랭크인을 앞둔 작품이 있어서요. 알렉산더 감독이 빨리 식을 올리라고 강하게 밀어붙이지만 않았어도 이런 일까지는 없었을 겁니다. 한나는 원래 우울증이 있었고, 최근에는 공황 때문에 고생했거든요."

한정규가 말하다 말고 맥주를 한 모금 마셨다. 딱 한 모금. 그 깍쟁이 같은 손가락이 미세하게 떨리며 약혼반지가 반짝였다. 그는 시선을 깔고 숨을 고르더니 용건을 꺼냈다.

"저는 계림 씨가 한나 대신 방송에 서 주기를 원합니다. 진짜 나나가 나타날 때까지, 그녀의 삶을 연기해 달라는 말이죠. 당신은 한나와 많이 닮았습니다. 얼굴은 전혀 다르지만, 입술 아래로는 완벽하죠. 턱에 있는 점만 빼고요."

그는 교복을 입고 바른 자세로 서 있던 드라마 엑스트라를 유심히 관찰했다는 이야기부터, 특수 분장 마스크로 얼굴을 덮어씌울 계획과 최첨단 모델링 프로그램의 소개까지 다양한 이야기를 해 주었다. 확신도 없는 낯선 타인에게 그렇게 많은 정보를 늘어놓을 것 같은 사람은 아니었는데 계림은 그가 안경을 밀어 올릴 때마다 초조함을 느꼈다. 조금 후에는 그가 안경을 쓸 필요 없는 사람이라는 걸 알게 되었다. 한정규는 나나의 실종을 모르는 이들과 많은 일정을 소화하기 위해 안경이라는 보험을 택했다.

오늘이 아마 그의 입 밖으로 진실이 새어 나온 첫날. 완전히 감췄다면 모를까, 일부를 꺼내 놓기 시작한 시점부터 그의 불안은 매번 계림의 눈에 포착되었다.

"나나의 옷을 입고, 나나의 얼굴을 하고. 나나처럼 먹고 마시고 웃고 울면서 그렇게 조금만 제 곁에 있어 주세요. 가능한 결혼식 전까지는 나나를 찾으려고 합니다. 제게는 나나를 사랑하는 사람들을 안심시킬 의무가 있거든요."

계림은 한정규를 물끄러미 보았다. 그녀가 한정규의 제안을 고민하는 이유는 지금 형편으로 상상할 수 없는 페이나 단번에 손에 들어올 인맥 같은 게 아니었다. 당신 집에는 거울이 없어요? 그 얼굴로 무슨 개그우먼을 한다고 그래. 당장 데뷔합시다. 이런 말을 하지 않는 사람을 너무 오랜

만에 만났다.

“그 말이 꼭 당신을 제외하는 것처럼 들리는데요. 당신만은 나나를 사랑하지 않는다는 것처럼.”

“저는 나나가 아니라 한나를 사랑하니까요.”

사람들이 아는 나나라는 인물에게는 별로 정이 없습니다. 제가 가진 이상의 모습이 아니라서요. 으, 방금 그건 좀 징그러운데. 예술가의 고백 같은 건 하지 마세요. 계림은 진득한 사랑 얘기를 듣기 시작하면 못 견뎌 하는 버릇이 있어서 일부러 몸을 배배 꼬며 몸서리를 쳤다. 계림이 배로 테이블을 건들자 누추하고 오래된 식탁 등이 흔들렸다. 볼품없이 삐걱대는 그림자를 보다가 한정규가 처음으로 웃었다.

“걱정마세요. 결혼식 전까지는 어떻게든 찾을 겁니다.”

계림은 눈을 가늘게 뜨고 먼 곳에 있는 달력을 바라봤다. 시간은 눈 깜짝할 새 흘러, 계림이 ‘나나’

로 일한 지도 한 달이 다 되어 갔다. 결혼식까지 남은 기간은 기껏해야 한 주 남짓. 계림의 입에서 곤란한 신음이 흘렀다. 찾으려나? 옛말에 결혼 앞두고 도망간 신부는 북태평양을 뒤져도 안 나온다는 얘기도 있는데… 사실은 없다.

한정규는 미팅이 있다며 이른 아침부터 외출했고 오늘의 나나는 스케줄이 없었다. 이런 날을 전문 용어로 꿀 빠는 날이라고 부른다. 계림은 하루를 알차게 보낼 생각에 가슴이 설레었다. 이를테면 느지막이 일어나 예의상 한정규가 수억 번 잔소리를 해댄 팩을 해 주고 누운 채로 김을 맛깔나게 먹는 남자 배우 성대모사 연습. 그리고 첫 끼로 치즈를 가득 얹은 불닭볶음면에 우유를 곁들여 먹는 것이다. 정크푸드를 먹어도 피부가 멀쩡하고 어릴 적부터 다이어트 따위 해 본 적이 없다고 백 번을 소리쳐 말해서 무얼 하나. 한정규 귀에는 소 울음소리였다.

계림은 불닭볶음면을 크게 돌돌 말아 입에 넣고 한 입마다 우유를 조금씩 곁들였다. 면발 사이로 스며드는 게 보드랍고 촉촉하고 시원했다. 나나가 유당불내증이 있어 밖에 나가서는 유제품도 못 먹으니 이럴 때 부리나케 먹어 둬야 했다. 저번 젠틀 몬스터 초청 파티에서 바텐더의 특제 깔루아 밀크를 마시지 못해 얼마나 한이 맺혔던가.

식탁 위에는 한정규가 나나에 대해 정리한 두꺼운 파일이 놓여 있었다. 계림은 이미 수십 번 보고 달달 외우다시피 한 파일을 다시 천천히 넘겨보았다. 명문대 출신 한정규는 식사 중에도 계속 쳐다보며 눈에 익히면 능률이 높아진다고 했지만 계림은 자기 전 침대 위에서 보는 게 훨씬 편했다. 아무리 겉만 화려한 속 빈 강정이라도 한 사람의 인생을 어수선한 정신으로, 오직 데이터로만 취급한다는 게 마음에 걸렸다.

파일에는 나나의 어린 시절부터 실종 전까지의 사진이 빼곡하게 붙어 있었다. 특이한 점이 있다면 어릴 적에는 시종일관 뚱하고 무표정했던 나나가 성인이 되어서는 언제나 활짝 웃게 되었다는 것이다. 하지만 한정규는 그녀가 우울과 공황을 앓게 된 건 비교적 최근이라고 말했다. 그렇다면 나나는 성격을 완벽히 감추고 연예인이 된 것일까? 그녀의 직업인 배우처럼, 나나라는 캐릭터를 연기하며 살아가는 걸까. 그런 그녀가 한정규에게만 진짜 자신을 보여 주었던 걸까? 나나가 아닌 나한나를?

나나에 대해 알아갈수록 나한나에 대해서는 묘연해졌다. 파일에 담긴 정보도 지극히 외부 대상을 대하는 태도와 매스컴에 보이는 이미지에 관련된 것들뿐이었다. 나나가 뭘 싫어하는지는 알아도 무엇을 무서워하는지는 알 수 없었다. 진정으로 누군가를 사랑할 때의 모습이 어떤지도 흉내 낼 필요 없었다. 그야, 한정규는 계림이 집 안에서까지 나나 행세를 하며 자신의 진짜 애인이 되어주기를 원하지는 않았으니까. 나나는 형제가 없었고, 가족과는 사이가 안 좋았고, 반려동물도 키우지 않았으며, 싫어하지 않는 사람이라고는 한정규와 자기 자신뿐인 사람으로 묘사되었다. 한정규는 언제나 나나에 대해서만 알려 주고 나한나라는 사람은 계림이 영영 알 필요 없다는 듯이 굴었다.

계림은 드레스 룸에 세워진 거울 앞으로 갔다. 거울의 각도를 조절해 입술 아래로만 보이게 만들었다. 거울 주변에 한정규가 자료랍시고 붙여 놓은 나나의 화보가 많았다. 나나는 화장품 브랜드와 세일러문 캐릭터 콜라보로 찍은 포스터 속에서 마법소녀 같은 포즈로 방긋 웃고 있었고 소주 광고 포스터에서는 검지를 입술에 댄 채 도도한 포징을 연출했다.

계림은 보풀이 일어난 티셔츠에 강아지가 그려진 반바지를 입고 나나의 포즈들을 따라했다. 하잇! 우. 뾰로롱. 요상한 소리도 냈다. 이 옷 또한 나나의 것이었다. 나나가 집안에서 입었다는 옷 중에는 드라마에 나오는 실크 슬립은 고사하고 하다못해 단추가 달린 파자마도 없었다. 한정규는 그녀가 몸을 휘감고 옥죄는 건 뭐든 싫어했다고 했다. 계림은 벽에 가득 찬 나나를 보았다. 분명 옷을 입고 있는데, 나나의 맨몸을 마주하지 않아도 몸의 윤곽을 따라 그릴 수 있을 듯한 스타일뿐이었다. 계림은 목이 아플 때까지 나나를 들여다보다가 티셔츠에 달린 보풀을 뜯어냈다. 이 방에 있는 모든 옷은 나나의 것이고, 나한나의 옷은 이것뿐일지도 몰랐다.

나한나는 어떤 사람일까? 식탁으로 돌아온 계림은 찬 우유로 입술을 적시며 생각했다. 한정규의 잘난 척은 아무것도 아닐 정도로, 현대에도 신

분제가 있는 것처럼 세상 돌아가는 꼴에 둔감한 꽃밭 배우 나나 말고. 괴리를 견디기 힘들어 유일하게 자기편으로 보이는 연인도 저버리고 썰물처럼 멀리 달아나야만 했던 나한나 말이다.

그때 초인종이 울렸다. 계림이 화들짝 놀라 젓가락으로 들고 있던 면발에 코끝을 박고는 인터폰을 들여다봤다. 정기 점검을 나온 직원이 부담스럽게 웃으며 인터폰 화면에 얼굴을 들이밀었다. 모르긴 몰라도 전기·수도·가스 중 하나였다. 계림이 가슴을 쓸어내리며 문을 열어 주었다.

"아니, 바본가? 한정규가 초인종을 누를 이유가 없잖아? 불닭 좀 먹었다고 찔려가지고는."

계림은 재빨리 식탁을 정리했다. 점검 직원이 들어오자, 휴지를 푹푹 뽑아 입가를 닦고는 애매하게 입을 가린 채 웃었다. 저런 분들은 거주민이 양치를 하든 말든 머리를 감든 말든 신경 쓰지 않는다는 걸 알면서도 차마 시뻘건 양념에 물이 들어 피에로가 된 모습을 보여 줄 수 없었다. 직원은 두꺼비집을 내리고 집안을 신출귀몰하게 들쑤시더니 끝까지 방긋 웃으며 신발을 신었다.

"전기는 10분 정도 후에 들어올 거구요, 수도

는 바로 사용 가능하세요."

"좋은 하루 되세요."

계림이 닫힌 문을 향해 인사를 했다. 휴지를 버리려는 찰나 등 뒤에서 쿵쿵대는 소리가 났다. 부자가 싫어, 부자가 싫어. 나는 정말 부자가 싫어. 계림은 이제 그 말을 콧노래처럼 흥얼거리며 인터폰의 숫자 '4'를 누르게 되었다.

소리가 멈추지 않았다.

계림이 천장과 벽을 둘러보았다. 아차, 두꺼비집을 내리면서 인터폰도 같이 끊긴 건가? 그르륵 그르륵. 무언가 긁는 소리가 벽을 타고 점점 커지고 빨라졌다. 집을 울리는 진동에 벽걸이 찬장 위의 상패가 조금씩 흔들렸다. 계림은 연달아 인터폰을 누르려다가, 소파에 올라가 거실 벽에 귀를 바짝 붙였다. 아무리 생각해도 위층 펜트하우스에서 들려오는 소리가 아니었다. 쿵쿵대는 소리가, 벽 속에서 나고 있었다.

소파를 밀어내자, 나무로 짜인 벽의 전면이 드러났다. 소파 뒤에는 이상하리만큼 먼지가 없었다. 격자무늬로 이루어진 벽면의 결을 따라 귀를 붙이고 이동하자 소리의 근원이 점차 가까워졌다. 이제 벽 속에 든 것은 벽을 부술 듯이 두드리고 있었다. 듣고 있는 계림의 귀도 터질 것 같았다. 온 힘을 짜낸다는 느낌이었다. 계림은 유리창에 비치는 자신의 모습을 보았다. 가슴이 버거울 정도로 들썩였고 식은땀이 났다.

손끝으로 격자를 더듬자, 간격이 아주 조금 어긋나 있는 나무 조각 하나가 만져졌다. 육안으로는 절대 구분할 수 없는 밀리미터 단위의 오차였다. 마른침을 삼킨 계림이 조각을 힘껏 누르자 자그마한 기계음이 들렸다.

순간 벽이 벌컥 열리고, 온몸이 땀으로 젖은 사람 하나가 계림의 품속으로 쏟아져 나왔다. 갸름하다 못해 수척해진 얼굴. 염색한 것처럼 새카만 머리카락.

나나였다.

벽 속에 든 것은 나나이자, 한정규의 약혼녀이자, 계림이 대신 인생을 살고 있는 나한나. 아니, 계림에게 인생을 빼앗겼다고 하는 것이 더 정확할까. 계림은 호흡이 너무 빨라서 머리가 어지러웠다. 손을 벌벌 떨며 나나의 코 아래에 손가락을 가져다 댔다. 미약한 숨이 느껴지기는 했지만 살아있는지 확인하기도 어려웠다.

나나의 온몸에는 전선과 주삿바늘이 연결되어 있었고 벽 안쪽에 놓인 기계장치와 링거들이 보였다. 어떻게 된 건가. 이게 다 뭘까. 왜?

나나의 머리카락은 전부 끝이 타서 구불거렸다. 손끝이 까맣고 안색은 창백하다 못해 파랬다. 얇은 눈꺼풀에는 불거진 실핏줄이 쌍꺼풀을 따라 터져 있었다. 계림이 허벅지를 들썩이자 나나가 바르르 떨며 눈을 떴다. 흰자위가, 원래는 흰자위였을 부분이 전부 붉었다.

숨을 몰아쉬면서 계림을 올려다보던 나나가 거품 문 입술을 달싹였다. "ㅈ…" 뭐라 말하고 싶은 듯했다. 겨우 정신을 차린 계림은 나나의 목소리를 듣기 위해 고개를 가까이 댔다.

"존… 나… 웃기게… 생, 겼네… 너."

그리고 다시 기절했다. 계림은 가슴팍을 움켜쥐었다. 심장이 너무 아파서 심장을 꺼내고 싶었다. 벽 안쪽의 어둠에 적응된 눈이 기계 장치에 쓰인 글자를 읽어냈다.

일, 렉, 트, 로, 쇼, 크. 아무렇지 않게 눌렀던

인터폰의 44. 나나. 나나에게 충격을 주어 잠재우는 숫자 44.

공동 현관의 호출 벨이 울렸다. 계림이 충혈된 눈으로 인터폰을 바라봤다. 한정규였다. 여느 때와 다름없이 단정하고 멀끔한 차림새로 한 손에는 족발을 들고 있었다. 피부, 콜라겐, 그놈의 피부 하나는 끔찍하게 생각해 주는 척했다. 계림은 자기도 모르게 중얼거렸다.

"씨발 새끼."

나나

나나에 관해서라면 한정규는 할 말이 많았다. 도둑의 딸 나한나 말고. 한정규가 7년을 공들인 시나리오 속의 뮤즈 나나. 오로지 한정규만의 여자이고 창작물이어야 했던 나나.

한나의 부친 나필섭 감독과 한정규의 악연은 10년도 더 된 해묵은 이야기였다. 10년이 얼마나 까마득한 옛날이냐면, 그때의 한정규는 졸업도 하지 못한 학부생이었으며 나 감독에게는 알렉산더라는 이름도 없었다. 모두가 초라하던 시기였다.

그런 시기에는 꼭 지금으로써는 상상할 수 없는 일들이 벌어지는데, 가령 나필섭과 한정규가 한 테이블에 앉아 학부의 선후배로서 돈독한 전우애를 다지는 일이었다. 이들에게는 전기전자공학부 출신의 영화감독이라는 공통점이 있었고 나필섭은 한정규를 몹시 마음에 들어 했다. 새내기였던 한정규를 거의 친아들처럼 데리고 다니며 인맥을 만들어 주었고 작업에 젊음을 불태우는 그에게 술 한 잔, 밥 한 끼라도 더 못 사줘 안

달인 사람처럼 굴었다.

영화밖에 모르던 비운의 공돌이 한정규는 그땐 나름 순진한 구석이 있어 '존경하는 형님'의 무대가성 호의를 계속 집어먹다 보니 나필섭이 한 줄기 빛으로 보일 때가 많았다. 한정규는 나필섭의 서포트 아래 주목받는 신예 감독으로 승승장구하기 시작했고, 틈나는 대로 필생의 역작 《한, 나의 길》 집필에 열을 올렸다. 어리고 풋풋했던 그 나름대로 얼른 작품을 올려서 나필섭에게 제대로 된 인정을 받고 싶은 마음이 있었달까.

그러나 참혹한 사건의 진실을 털어놓자면, 나감독이 마음에 들어 했던 건 한정규가 아닌 그의 작품이었다.

"형님! 이럴 수는 없습니다! 어떻게 형님이 저한테…."

한정규는 절규도 채 맺지 못하고 흠씬 두드려 맞은 채 사무실 밖에 버려졌다. 나필섭은 《한, 나의 길》에서 콤마 하나를 뺀 《한나의 길》로 스타 감독의 반열에 올랐다. 그뿐인가, 한정규의 코피와 열, 땀과 정념이 녹아 있는 캐릭터 '나나'를 자기만의 색으로 해석해 3부작 시리즈물을 제작했다. 실제로 '한나'라는 이름을 가진 자기 딸을 나나 역의 배우로 캐스팅했다. 흥행에 성공하자 아예 '나나'라는 예명을 사용하게 하며 작품 외부와 내부를 잇는 모든 서사를 완성했다. 사람들은 나 감독을 천재라고 불렀으며 캐릭터로만 존재했던 완벽한 나나가 세상에 나왔다고 칭송했다. 그는 이제 나 감독도 아닌 대 알렉산더 필섭이었다.

한정규는 반지하에서 썩어가고 있었다. 실은 집이 그만큼 불우하지는 않았는데 불우한 기분과 상황에 현실의 미장센까지 맞춰야 하는 예술가라 지하방을 한 달 임대했다. 알렉산더가 마음대로 주물러 놓은 나나의 필름을 무한대로 돌려 보며 계속 같은 말만 중얼거렸다. 완벽하지 않아. 완벽하지 않아. 내가 만든 나나가 아니면 하나도 완벽하지 않아! 저건 진짜가 아니야! 나나라는 배우가 대외적으로 사용하는 이미지 역시 알렉산더의 캐릭터 '나나'와 흡사했다. 일종의 스타 캐릭터라이징. 그녀가 한없이 가볍고 조악한 면로 같은 웃음을 내보일 때면 한정규는 화를 삭이지 못하고 중국산 공기청정기를 들어 텔레비전을 부쉈다. 그리고 매주 토요일마다 고물상에 가서 구형 텔레비전을, 방문 판매원에게 공기청정기를 새로 샀다. 그래도 식사를 싸구려로 하는 것만은 못 참아 5성급 호텔의 룸서비스를 집으로 배달시켜 먹었다. 불을 끄고 해치운 다음 자신의 무대에 그것이 없는 척했다.

한정규는 나필섭을 징벌하고 싶었다. 그래서 똑같이 나한나를 훔쳤다.

나필섭이 자신에게서 7년 치 나나를 탈취했기 때문에 한정규도 그에게서 27년짜리 나나를 빼앗았다. 그녀에게 의도적으로 접근해 연인이 되었고 다시 만난 나필섭의 앞에서 작품 갈취 정도는 먼 옛날의 장난인 듯, 나아가 아예 없던 일인 듯 웃어 보였다. 한정규는 처음부터 완전히 자신의 편이 된 나나를 감금하고 대역을 내세워 나필섭을 속일 생각이었다. 그는 죽는 것보다 영원히 사는 게 비극이라고 믿었고 딸의 실종을 깨닫고 울부짖는 나필섭보다 가짜를 진짜로 착각하고 무지 속에 살아가는 나필섭을 보고 싶었다.

모든 계획과 실행이 순리대로였다. 유일한 오점이 나한나인 것만 빼면 말이다. 한정규는 이 문장을 맹세코 머리에서 구체화한 적이 없었으나,

굳이 정렬하자면 한정규가 목격한 진짜 나한나의 이면은 생각보다 더 어두웠다. 스크린의 머리 빈 여자와 전혀 다른 세계에 존재할 것만 같은, 정교하고 첨예한 삶의 균열이 그녀의 정신을 장악하고 있었다. 그녀는 때때로 한정규에게 마치 달의 뒷면을 본 것 같이 참을 수 없는 기분을 주었다. 프러포즈가 가까워 올수록 한정규는 두려웠다. 그녀를 사랑하게 될까 봐 두려웠다. 어쩌면 그녀가 단지 나필섭의 딸로 태어나는 불운을 가졌을 뿐, 누구보다도 진정한 한정규의 '나나'가 되어줄 수 있는 유일한 여자이지는 않을까. 나한나의 이면을 자기 혼자만 보고 있다는 마음에 도취되어 그녀의 입술에 클로로포름을 묻히는 게 아니라 키스를 하게 될까 봐 무서워 견딜 수 없었다.

그는 생각을 가다듬었다. 아홉 시간이고 열 시간이고 방에 들어가 싱잉볼과 함께 명상을 했고 물구나무도 섰다. 초심을 되찾기 위해 되뇌었다. 기분은 감정이 되지 못한 찌꺼기일 뿐이다. 기분은 감정이 되지 못한 쓰레기일 뿐…. 그의 간절한 소원에 따라 프러포즈 날 나한나는 납치되었고 이제 세상에 나필섭의 나나는 없었다. 나한나를 신혼집 벽 속에 가둬 놓고 일부러 자주 들여다보지는 않았다. 보면 이상하게 공허하다고 생각할까 봐. 갖고 싶어질까 봐….

"어쩌라고. 어쩌라고. 어쩌라고!"

계림의 입에서 끊임없이 욕이 튀어나왔다. 트위드 셋업을 입고 거실 바닥에 쪼그려 앉아 씩씩대다가 분에 못이겨 숟가락을 집어던지기도 했다. 벽에 기대어 얕은 숨을 쉬던 나나가 힘겹게 엑설런트 아이스크림의 포장을 벗겼다. 그리고 계림의 입에 쑤셔 넣었다. 미히안…. 계림은 찬 입김을 뿜으며 숟가락을 도로 집어 물티슈로 닦았다.

이른 오후의 거실은 어둑했다. 두 사람의 주변에 엑설런트 아이스크림이 벽돌처럼 쌓여 있었다. 한정규가 자기 먹겠다고 사 놓은 거였는데 이제는 전부 계림의 차지였다. 나나를 무사히 끄집어내기 위해 두꺼비집을 내렸는데, 냉동고의 아이스크림이 다 녹아내리면 처치 곤란이었으니까.

계림은 스케줄이 끝나자마자 부리나케 집에 돌아와 흰죽을 끓였다. 오늘은 방송이 아니라 나나의 아버지, 그러니까 알렉산더 감독을 만났고 거기에 한정규도 있었다. 한정규네 부모 없이 하는 상견례 비슷한 자리였는데 알 감독과 한정규는 계림을 병풍처럼 앉혀 놓고 두 시간 동안 일 얘기만 했다. 오히려 다행이었다. 계림은 두 시간 내내 한정규의 넥타이핀과 원수라도 진 듯 눈싸움을 했다. 웃는 얼굴로 그러고 있는 데다 식사는 한 숟갈도 뜨지 않아 한정규의 이상한 눈초리를 받았지만, 알 감독은 그마저도 안중에 없었다. 그는 다음 주에 있을 나나의 결혼식에 카메라를 몇 대 불러야 앵글에 걸리는 것 없이 장면이 자연스러울지, 어떤 기업과 제휴해야 제작비를 많이 부를 수 있을지 의논하느라 바빴다. 결혼의 준비 과정부터 본식, 신혼여행을 떠나기 직전까지를 담은 다큐멘터리를 제작하기 위해서였다.

다큐멘터리. 계림은 반나절 내내 가짜 웃음을 짓고 있었는데 이때만은 진짜로 웃을 뻔했다. 어떤 결혼의 준비 과정이 고작 일주일이란 말인가? 일주일도 아니었다. 알 감독이 제시한 분량은 이틀이었다. 제작비를 이렇게까지 줄인 풀 연출의 다큐멘터리라니. 이건 또 어떤 세기의 결혼식 서

사를 붙여서 얼마의 블루레이로 제작되어 몇 마지기의 아마존 산림을 파괴하는 환경 오염의 주범이 될지. 계림은 정말 기대가 컸다.

흰죽을 식혀 조심스레 나나의 입가로 가져가자, 나나는 처음엔 받아먹지 않고 계림을 빤히 보았다. 직업 활동을 하고 돌아와 자신과 똑같은 얼굴을 한 계림을.

"왜 이렇게 똑같이 만들었대. 징그러워."

계림은 묘하게 풀이 죽었다가 나나가 죽을 받아먹자 금세 안색이 풀렸다. 나나는 알고 있었다. 사실은 그렇게까지 똑같지도 않을 것이다. 계림이 달고 있는 얼굴은 가장 어리고 아름답던 시절의 나나였고 약물과 전기 고문을 당해 수척해지지 않았더라도, 더는 돌아오지 않는 과거의 얼굴이었다. 정확히 말하자면 한정규가 애증해 마지않는《한나의 길》속 나나의 얼굴이었다. 한정규에게는 스스로 만든 이데아를 관철하는 능력 즉, 오직 나르시시즘이 있을 뿐 진실을 직시하는 능력은 한참 떨어졌다. 눈을 가린 한정규와 수많은 관객, 그 얼굴을 달고 있는 계림이 모른대도 나나 자신만은 그 차이를 구분했다. 한평생 거울만 쳐다보고 집착하며 살아온 인생이다.

"참치 따 줘. 싱거워."

"염분이 갑자기 들어가도 괜찮겠어? 몸에 이상이 있지 않겠어?"

나나가 또다시 계림을 바라봤다. 지랄하지 말고 줘. 아무런 말도 하지 않았지만, 계림은 들을 수 있었다. 얼굴이 같아졌을 뿐인데 텔레파시 같은 것도 되나. 계림이 죽에 참치를 얹어 내밀자 그제야 얌전히 받아먹었다.

나나가 들려준 한정규의 이야기는 처음부터 끝까지 꼴값이었다. 이 얘기들을 먼저 듣지 않고 스케줄을 다녀온 게 얼마나 행운인지. 분명 스시집의 뾰족한 젓가락으로 한정규 몸에 난 어떤 구멍이든 후벼 파고 말았을 것이다. 계림의 마음도 읽었는지 나나가 말했다.

"그간 나로 사는 거 어땠어? 나한테도 네 인생 잠깐 빌려줄래? 난 길게도 안 쓸게. 그냥 가서 한정규만 죽이고 올게."

계림은 나나의 깡마른 발등과 자신의 스타킹 신은 발등을 바라보며 말을 아꼈다. 분노가 수그러들고 나니 나나의 눈을 쳐다볼 수가 없었다. 아무 생각 없이 눌러댔던 인터폰과 숫자 44가 눈을 깜박일 때마다 잔상처럼 남았다.

"어땠냐니까."

"그건 안 돼. 다큐멘터리 때문에 보는 눈이 너무 많아졌어. 너를 여기서 어떻게 빼가야 할지도 모르겠어. 나 머리가 별로 안 좋아."

"안 좋으면, 한 달간 전기 맞은 나보다 안 좋겠어?"

나는 진짜 한정규 그 새끼가 싫다. 지능이 얼마나 낮아졌을지 무서워서 아이큐 검사도 못 할 것 같다. 치매 오지 않을까? 나 원래 똑똑한 편이었는데. 나나는 등을 붙이고 앉아 있기도 힘든지 방바닥에 드러누웠다. 한정규는 CCTV를 혐오했다. 그 사실이 얼마나 위안이 되는지 몰랐다. 막상 벽을 파헤치고 나서 뒤늦게 걱정했는데, 나나가 말하기를 한정규는 CCTV를 상대로 동족 혐오 같은 걸 가지고 있단다. 몰라, 말로는 카메라 같지 않아서 싫다는데, 내가 보기에는 지가 음침해서 그래. 계림은 물수건을 가져와 나나의 갈라진 손톱을 하나하나 닦았다. 여전히 나나의 눈을 보지는 않고 물었다.

"한정규랑 왜 결혼하기로 했어?"

"걔랑 하고 싶었던 게 아니라 그냥 결혼하고 싶었어. 될 수 있으면 빨리."

이 또한 한정규의 말과 달랐다. 계림은 어이가 없었다. 한정규가 아는 것 중에는 제대로 된 게 하나도 없었다. 이제는 나나가 전기충격을 백 번쯤 더 맞아도 한정규보다 멍청해질 리 없다는 생각이 들었다.

"결혼은 왜 하고 싶었어?"

"혼자가 되고 싶어서."

혼자가 되기 위해 둘이 된다라. 슬픈 말이었다. 최악의 선택지 중에서 그나마 나은 걸 고르는 마음을 계림도 잘 알았다.

자기 위로가 습관이 되다가 아픈 걸 느끼기 싫어지면, 지칠 대로 지친 후에는 합리화를 하게 된다. 스스로 납작하게 받아들이고 누가 나에 대해 뭐라건 그 말도 맞소, 저 말도 맞소. 당신들 말이 다 맞고 나는 나에 대해 아는 게 없소, 말한다. 섬세하지 못한 판단들이 몸을 막 투과하는데 조금도 아프지 않게 된다. 유령이 된 것이다. 산 채로 죽은 것이다. 누구도 원해서 유령이 되지는 않는다.

나한나는 아직 서른도 되지 않았다. 계림 역시 그랬다.

"너 머리가 안 좋기는 하다. 어땠냐는 말을 세 번 물었는데 대답을 안 하네. 무시하는 건가? 내 얼굴로 무시당하니까 기분이 독특한데?"

"네 얼굴 붙이려고 본을 떴는데 모델링이라는 게 코를 높일 수만 있고 낮출 수가 없대. 내 코 높이를 못 바꿔서 너 성형 의혹 돌았어. 코 수술했다고 렉카도 붙고. 진짜 미안."

계림은 자신이 미안하다는 말을 꺼내기 위해 이렇게 많은 사족을 붙여야 하는 사람인지 처음 알았다. 나나가 누운 채 가까이 오라고 손짓했다. 계림이 몸을 숙이자 까맣게 염색한 애교머리가 나나의 뺨을 간질였다. 나나가 손을 뻗어 계림의 코를 만졌고, 자신의 콧대도 더듬었다.

"이왕 붙은 김에 진짜 할까? 붙을만 해. 원래 코가 콤플렉스였거든."

"뭔 소리야. 숨만 잘 쉬면 됐지."

계림은 나나의 손동작이 어색하다고 느꼈다. 남의 얼굴을 만질 때는 익숙하고 자기 얼굴을 건드는 건 조심스러워 보였다. 엄지가 콧날을 지나

콧볼을 만지작거리자, 계림이 급히 고개를 돌려 재채기했다. 위에서 살랑대는 머리카락 때문에 나나도 연달아 재채기했다.

"아, 민폐."

미안. 계림이 다시 제자리로 돌아가 흐르기 시작하는 아이스크림을 먹어 치웠다. 휴대폰에서 한정규의 메신저 알림이 울렸다. 오늘 늦어. 저녁 혼자 먹어. 문자를 대신 확인한 나나가 혀를 찼다. 땡큐다 이 새끼야. 나는 계림이랑 맛있는 거 먹을 거야.

계림은 스탠드에어컨에 비치는 자신과 나나의 얼굴을 번갈아 보았다. 똑같은 얼굴 두 개. 그러나 전혀 다른 사람. 아까부터 기시감이 들었다. 자신의 얼굴에 덮인 나나를 볼 땐 몰랐는데, 살아 움직이는 나한나에게서만 보이는 게 있었다. 그렇지만 이런 말로 묻고 싶진 않은데. '우리 어디서 본 적 있지 않나' 같은 말. 나나가 분명 붙잡고 늘어져 실컷 놀릴 것이다.

"나… 너 본 적 있어."

"그렇겠지. 너 같은 경우에는 거울에서도."

"아니, TV에서. 옛날에."

나나는 기억이 안 난다는 표정이었다. 계림의 목구멍에서 무언가 침잠했다. 마른침. 침이 이토록 돌덩이 같은 것이었던가. 나나를 만나고, 알게 되고, 지금까지 중에 제일 안타까웠다. 이거야말로 기억하지 못하면 안 되는 내용 같은데. 억지로 잊었다고 밖에는 생각할 수 없다.

"체스 천재 나한나. 여섯 살."

너 아니야? 왜 어렸을 때, 유소년 체스 결승… 계림의 휴대폰을 만지며 거실을 뒹굴던 나나가 움직임을 멈췄다. 계림을 돌아봤다. 계림은 어릴 적에 흰 셔츠에 베스트를 입고 머리를 꽉 묶은 나나를 TV에서 보았다. 그때는 화장품도 소주도 온갖 브랜드의 협찬도 없이 수수한 모습이었고 나나가 몸에 지닌 것 중에 가장 빛나는 게 눈이었다. 머리를 굴리느라 빨갛게 달아오른 볼. 말을 움직이기 전까지 주먹을 쥐고 있는 버릇이 있었다. 나한나는 그 게임의 결승에서 동갑의 남자아이에게 졌다.

"그때 지지 말았어야 했어. 나는 그 남자애한테 진 게 아니라 아빠한테 진 거야. 알렉산더가 그러더라? 천재로 한 번 실패했으니까, 백치로는 성공해야 한다고. 그 게임이 내 인생을 담보로 건 줄 알았으면 더 열심히 했지. 져도 되는 줄 알고 솔직히 즐겼는데. …인생은 즐기기만 하면 안 되나 봐. 그걸 여섯 살이 어떻게 알아?"

나나는 혼자가 되고 싶었다. 특별히 멍청하지도 똑똑하지도 않은 여자가 되어 그냥 나로 살아가고 싶었다. 나나가 속삭이듯이, 꿈을 꾸듯이 말했다. 내 이름에 '나'가 두 개나 있는데 내 인생에는 내가 없어. 웃긴 얘기 해 줄까? 우승한 남자애 말이야. 개네 집도 아빠가 상금으로 도박해서 싹 날렸대. 왜 천재들 아빠는 다 붕신인가 몰라.

그렇게 센척을 하더니 계림의 어깨에 턱을 올렸다. 둘 중 누구도 손을 뻗어서 안지는 않았고 그렇게만 있었다. 계림에게서는 바닐라 아이스크림 냄새가 났고 식은 죽 위로 나나의 머리카락이 한 올 떨어졌다.

"아니야. 내가 봤어. 너 그때 진심으로 이기려고 했어."

나나는 이렇게 말하려고 했다. 잊어. 그런 사실이 없던 것처럼 잊어 봐. 나도 했으니까, 너도 할 수 있어. 그렇지만 까슬한 트위드 재킷에 턱을 문지르다 웃고 말았다. 계림의 등을 탁, 탁, 소리 나게 두드리며 쓸어내렸다. 체한 사람한테 하듯이. 이런 옷을 입고 예술가 아저씨들의 장단을 맞추는 일에 계림은 오래 전부터 체해 있는 것 같았다.

"세상에 불쌍한 사람 다 신경 써 주면 우리 계림이는 누가 구해주나…."

나나가 고개를 떼고 계림을 바라봤을 때는 놀랄 수밖에 없었다. 나나의 눈동자에 빛이 차올랐기 때문이다. 어릴 적 TV에서 본 장면이었다. 주먹을 펴고 습기 찬 손으로 말을 집는 소녀의 자신감이 이러했다. 비가 오려는지 집안은 더욱 어두웠는데. 그러니 까만 눈에 휘도는 것은 오롯한 나나의 총기다.

"좋은 생각이 났어."

나, 너랑 있으면 머리가 좋아지나 봐. 계림은 나나에게 기억이나 시간 따위를 내어 준 사람처럼 그대로 멈춰 있었다. 순간이 아득했다. 못 잊을 것 같았다.

한정규가 의자에 웨딩드레스 두 벌을 걸쳐 놓고 인기척을 냈다. 욕실 문간에 나나의 얼굴을 한 계림이 모델처럼 서 있었다. 한쪽 팔을 쭉 뻗고 다른 손은 허리를 짚고 턱을 한껏 들어 고고한 포징. 오늘은 또 뭐야? 한정규는 그렇게 물으려다가 질문을 바꿨다.

"얼굴이 왜 그래?"

"외모 비하 심하다?"

"저녁에 스케줄 있었나? 없는 걸로 아는데."

"숍 실장이 전화 왔어. 영상 통화. 영통까지 걸어서 뭐라는 줄 알아?"

그녀가 문간을 잡고 반 바퀴를 돌아 반대편 문간에 착 달라붙었다.

"결혼 축하해."

한정규는 아무것도 없이 남겨 둔 빈 벽의 맞은편에 삼각대를 세우고 카메라를 설치했다.

"데뷔도 축하받아 보고 결혼도 축하받아 보고. 근데 둘 다 내 게 아니라 기분이 묘해."

웨딩드레스는 모두 간소한 디자인이었다. 라

인을 잡아 주는, 글래한, 같은 수식을 붙여 연예인이 창립한 브랜드에서 삼십만 원 대로 팔 것 같았다. 계림이 주먹 쥔 손으로 식탁까지 늘어진 드레스를 만지작거렸다. 지붕이 낮은 남의 집에서 텅, 텅, 빗물 떨어지는 소리가 들렸다. 요란하지는 않되 묵직한 비였다.

"근데 나 너랑 결혼까지 해야 할까? 굳이?"

"말을 막 놓네, 나 그래도 너한테 돈 주는 사람이야."

"놓을 때 됐어. 나나는 아직도 못 찾았어?"

한정규가 드레스를 입고 오라며 건네려다가 그녀를 똑바로 보고 말했다. 자기 말에 어떠한 어폐도 없음을 증명하는 양.

"어."

계림은 방에 들어가지 않고 불 꺼진 부엌의 냉장고 근처에서 옷을 갈아입었다. 한정규는 그녀를 등지고 차라리 잘 되었다고 생각했다. 다큐멘터리의 스페어 분량을 만들기 위해 목 아래까지만 잘라 연출하려고 했는데 계림이 마침 나나의 얼굴을 하고 있으니 말이다.

그녀가 식탁에 놓여 있던 화병 속 조화를 뽑아

들었다. 거기에 한정규의 건강보험통지서를 둘둘 말아 부케로 만들었다. 한정규는 카메라 뒤편에서 그녀를 찍기 시작했다. 몸을 앞으로 뺐다가 뒤로 뺐다가 손으로 입을 가리고 웃는 척을 하는 그녀가 신부라기보다는 브라이덜 샤워를 하는 것처럼 보였다. 심기가 불편했지만 무슨 상관인가, 진짜 결혼을 하는 것도 아닌데. 코미디언이 되지 못해 분풀이로 콩트를 남발하며 고작 조연 몇 번 서 본 여자의 연기가 얼마나 정교하겠는가. 한정규는 자신의 주기도문을 외웠다. 기분은 감정이 되지 못한 찌꺼기.

"네가 원하는 건 이게 아니지?"

그녀가 한 손으로 치맛자락을 들어 보이며 물었다. 한정규는 허리를 세워 그녀를 맨눈으로 보려고 했다. 그런데 마치 무언가 뒷목을 짓누르는 것처럼, 고개를 들 수가 없어서 카메라 속의 그녀를 바라봤다. 자그마한 격자 속의 그녀가 너무 생동해서 심기가 불편했다. 나나를 가둔 이후로 이렇게 오래 눈을 마주한 적이… 아니지. 이건 나나가 아닌데. 계림일 뿐인데.

"《한나의 길》. 네 꿈은 거기 있지."

평론가들은 그 영화가 하나의 결혼식이라고 말했다. 주인공 나나가 영화 내내 어딘가를 걷고 또 걷는다. 손밖에 보이지 않는 남자와 기나긴 약속을 하고, 빨간 드레스를 입고 귀에 하와이안 꽃장식을 꽂고, 라디오를 들고 테이블 위를 걷는다. 휘청거릴 때마다 남자가 손을 잡아 주고 나나가 웃는다. 행진곡은 리베르 탱고. 한정규는 그녀의 끊어 읽기에 휘청거렸다. 한나의 길이 아닌 한, 나의 길. 충분하고도 남는 쉼표. 카메라 너머의 그녀가 한정규에게 점점 가까이 다가왔다.

"영화를 봤어?"

"봤지. 나 그래도 너한테 돈 받는 사람인데."

그녀는 오래전에 본 칼럼을 떠올렸다. 부르주아 예술가의 자부심은 형체가 없는 대상을 탐미하는 일이다. 그러나 이들의 허점은 그 대상이 너무 가까이 왔을 때 발각된다. 아무것도 하지 못하고 아무것도 느끼지 못하는 무지의 상태로 돌아가는 것. 어쩔 줄 모르는 천치가 되는 일. 수치이자 로망. 그 둘은 하나니까. 그녀가 삼각대 뒤로 손을 뻗어 한정규의 손을 잡았다. 약지에 걸린 반지를 빼내고 있는데도 한정규는 느끼지 못하는 듯했다. 그녀가 자신의 약지에 반지를 끼웠다. 헐거운 반지를 렌즈 앞에 갔다 댔다.

이루어야지, 네 꿈. 한 번뿐이잖아.

한정규에게는 이렇게 들렸다. 고고한 홍학 같은 복수는 네게 어울리지 않아. 알렉산더를 추락시키자. 그에게 예술가로서의 죽음을 선사하자.

식장 내에 탱고가 흘렀다. 들러리들이 모두 흥겹게 춤을 췄지만, 신부는 추지 않았다. 미색 실크 드레스가 아닌 빨간 원피스를 입은 그녀가 긴 테이블 위를 걸었다. 휘청거릴 때마다 한정규가 손을 잡아 주고 신부가 웃었다. 그녀의 귀에는 하와이안 꽃 장식이, 한쪽 손에는 라디오가 들려 있었다. 라디오에서 신인 감독 나필섭의 수상 소감이 흘러나왔다.

신부의 정수리 위에서는 상들리에가 흔들렸고 식기와 촛대가 바닥으로 떨어지기도 했다. 하객들은 결혼식을 흥미로운 전시 보듯 보았고 그들 중

몇은 이미 눈치를 챘다. 이것은 한정규가 장인 알렉산더를 존경하는 마음에 펼친 쇼가 아니라는 사실을. 청첩장의 신부 이름 자리에 찍혀 있는 '한, 나의 길'이 그랬으며 부친의 성명이 알렉산더가 아닌 나필섭으로 표기되었다는 점이 그랬다.

무엇보다 신부의 부친 석을 보면 명확해졌다. 알렉산더는 자신이 나필섭이었던 시절처럼 얼굴이 붉으락푸르락했고 자꾸 손으로 무언가를 내려치다가 나나의 이모에게 허벅지를 맞았다. 이후로는 자신의 허벅지를 내려치다가 신랑 신부의 키스가 있기 전에 식장을 나가버렸다. 하객들은 수근댔다. 업계가 업계이니만큼 대놓고 노트북을 펴서 기사를 빠르게 적어 내려가는 사람들이 있었으며 그늘진 자리를 선점한 이들은 한쪽 귀에 무선 이어폰을 끼고 여기저기 소식을 퍼 나르기 바빴다.

한정규는 나나를 거의 잊었다. 계림이 이렇게 출중한 여자였나 싶었고 비록 다른 용도였지만 그녀를 알아본 자신의 안목이 감탄스러웠다. 그는 식장의 금색 기둥에 비치는 자신의 얼굴을 다각도로 바라보면서 입꼬리를 올렸다 내렸다 반복했다. 영화 속에서 앵글 바깥에 있는 남자의 표정이 이렇게 밝을 거라고 상상한 적이 없기 때문이었다. 어그러져 있는데 무엇보다 아름다운 것. 아아, 이것이 예술인가.

그때 신부가 한정규의 입으로 초콜릿을 들이밀었다. 키스하기 위함이었다. 알 감독의 《한나의 길》에는 없고 한정규의 시나리오에만 있는 장면으로 한정규가 가장 고대하던 순간이기도 했다. 신부가 말했다.

"초콜릿 네가 먹어. 살쪄."

"언제는 안 찐다며."

"체질이 바뀌었어. 갑자기."

아무렴 좋았다. 두 사람이 입을 맞추자 사방에서 셔터가 터졌다. 이 순간을 영원히 기록하려고 하는 자들이 많았다. 한정규는 키스가 원래 눈을 감는 행위라 좋았고, 플래시가 너무 밝아 절대로 미학적으로 눈을 뜰 수 없는 형편이 들통나지 않아 좋았고, 무슨 짓을 해도 없어 보이지 않는다는 게 좋았고, 입 안에 퍼지는 초콜릿 속 진 리큐르의 맛이 좋았다. 한정규는 행복한 얼굴로 그것을 아작아작 씹어 먹었다.

차가 덜컹거렸다. 속이 울렁거렸고 눈앞이 온통 새빨갰다. 자신이 누운 곳이 나나, 아니, 계림의 무릎 위라는 걸 알게 되는 데 꽤 오랜 시간이 걸렸다. 빨간 것은 그녀의 드레스였고 웨딩네일을 한 손톱이 한정규의 머리칼을 넘겨주었다. 헐거운 반지가 이마를 두드렸다. 한정규는 웅얼거리지 않으려고 노력하며 그러면서도 신부의 허벅지에 얼굴을 파묻으면서 기사에게 말했다.

"그만 가셔도 됩니다. 저희 신혼여행 안 가요."

기사는 묵묵했다. 차는 멈추지 않았고 점점 더 험한 산길을 달렸다. 창밖으로 우거진 삼림의 색이 너무 짙어 시간을 판별하기도 힘들었다. 한정규는 신부의 무릎을 짚고 일어나려 했지만 머리가 흔들려서 쉽지 않았다. 백미러에 비친 기사의 턱이 익숙했다. 한정규가 눈을 찡그렸다. 시야가 선명해지자 턱 아래에 점이 보였다.

"못 해요. 멈출 수가 없거든요."

핸들을 쥔 기사의 손에 신부의 것과 같은 웨딩네일이 칠해져 있었다. 한정규가 고개를 돌려 계림의 얼굴을 보았다. 아직 나나의 얼굴을 떼지 않았을 계림의 얼굴을…. 그녀가 까만 머리카락 속에서 한정규를 내려다보았다. 한정규가 손으로 그녀의 뺨을 더듬고는 눈을 치떴다. 피부가 푸석했다. 다시 만져 봐도 탄력이 없었다. 화장도 되지 않은 민낯이었다. 얇은 살결에 핏줄이 돋아나 있었고 이마에 노란 멍이 들어 있었다. 그녀가 그를 보고 웃었다.

한정규가 몸을 일으키려는 순간, 그녀가 그의 양쪽 관자놀이에 전기 충격기를 갖다 댔다. 하나로 겹쳤다가 두 개로 분할하는 웃음소리. 한정규가 번갯불 속에 정신을 잃었다.

아랫도리에서 척척한 것이 느껴졌다. 두 팔이 옷걸이에 걸린 듯 위로 견인되어 있었다. 한정규가 힘겹게 눈을 떴다. 이번에는 주변이 온통 벽이었다. 허리 아래에서 쿰쿰한 시멘트 냄새가 났다. 한정규는 자신의 아랫도리가 시멘트 속에 박혀 있다는 사실을 깨달았다. 눈앞에 공사를 할 때 쓰는 견인 판자가 보였다. 판자 위에서 여자가 걸어와 한정규의 귀에 하와이안 꽃 장식을 걸어 주었다.

"너 누구야…."

한정규가 불어 터진 입술로 물었다. 정말로 이제는 알 수 없었다. 눈앞의 여자는 나한나인가 계림인가. 자신이 아는 나한나가 나나가 맞는지, 직접 고용한 계림이 어떤 사람이었는지 한정규는 전혀 분간하거나 기억해 내지 못했다. 조금 떨어진 곳에서는 다른 여자가 시멘트 가루에 물을 섞어 개고 있었다. 한정규가 두 여자의 얼굴을 번갈아 보았다. 두 여자의 얼굴이 완전히 똑같았다. 종이 한쪽에 물감을 묻혀 찍은 듯 닮은 두 사람이 서로 다른 표정으로 한정규를 바라봤다. 한 사람은 웃고 있었고 한 사람은 웃지 않았다. 한정규는 오금이 저렸고 요의가 치밀었는데, 자신의 본성과는 별개로 바지춤에서 액체를 분출해 내지 못했다. 시멘트가 굳어가고 있었다.

"너, 너 누구야. 누가 나한나야. 네, 네가 개림이지."

"'계'자가 그 발음이 아니라니까."

눈앞에 서 있던 여자가 말했다. 그녀는 기사 복장을 입고 있었다.

"네가 계림이구나."

"진짜? 내가 계림이야?"

여자가 빨간 원피스를 입은 여자를 바라봤다. 빨간 원피스의 여자가 놀란 표정을 지었다.

"네가 계림이야? 아니야! 내가 계림인데?"

한정규가 재빨리 눈을 굴려 여자들의 턱을 봤다. 두 사람의 턱에는 똑같은 위치에 반창고가 붙어 있었다.

"아닐걸? 내가 계림일 걸. 용기내 봐요. 도전해 봐요. 알아봐 보아요."

기사 옷을 입은 여자가 커다란 돌을 한정규의 입에 밀어 넣었다. 그는 혼란스러운 눈빛으로 몸을 비틀며 뭔가 하고 싶은 말이 있는지 침을 질질 흘렸다.

"아직 아니야."

"아직 아닌가? 좀 더 들을까?"

기사 옷을 입은 여자가 돌을 다시 빼냈다. 으, 더러워. 때를 놓치지 않지만 딱히 할 수 있는 것이 없는 남자 한정규가 소리라도 질렀다.

"야! 나 좋, 좋, 좋, 좋아는 했잖아. 만난 것까지는 사실이잖아!"

"내가 좋아하는 애한테 무조건 하는 말이 있

는데 뭐게?"

빨간 원피스의 여자가 묻자, 한정규가 열심히 눈을 굴렸다.

"네가 나한나지."

말이 끝나기 무섭게 기사 옷을 입은 여자가 이어 붙였다.

"모를 거야. 너한테는 한 번도 한 적이 없거든."

한정규가 고함을 질렀다.

"씨발!"

기사 옷을 입은 여자가 불쾌한 눈으로 한정규를 내려다보더니 빨간 원피스를 입은 여자의 몸을 가렸다. 같은 체형의 두 사람이 몸을 겹쳐 서자 빠져나온 머리의 윤곽만이 달라서, 그 둘은 머리가 두 개인 사람처럼 보였다.

기사 옷을 입은 여자가 한정규의 귀에 무선 이어폰을 꽂았다. 노이즈캔슬링이 아주 잘 되는 제품이었다. 빨간 옷을 입은 여자가 한정규의 입에 다시 돌을 물렸고, 고르게 배합된 시멘트 용액을 낑낑대며 끌고 왔다. 한정규가 마구 고개를 저었고 여자가 물었다. 마지막으로 할 말? 다른 여자가 대답했다. 없지.

한정규의 머리 위로 시멘트가 쏟아졌다. 두꺼운 벽이 완성되었다.

"이거 친일박물관이야. 알렉산더 필섭, 매국노거든."

"역시 하나만 하지 않는군."

"우리 엄마 말에 따르면, 남자가 질투만을 알 때 여자는 존경까지 안댔어. 나는 너를 질투했고 이제는 존경해."

"왜? 내가? 존경할 만한 부분이 있나?"

"왜냐니. 너는 별거 안 해도 웃기잖아."

계림이 한나를 돌아보았다. 얼굴이 순식간에 붉어졌다. 최첨단 나나 얼굴 마스크 위까지 열감이 치솟았고 마스크를 붙이지 않은 목 부분은 거의 용암이었다. 양손으로 뺨을 가리려던 계림이 조심스레 목을 가렸다. 한나가 손등으로 입을 가리고 웃었다. 한나는 그 뒤로도 뭐라고 뭐라고 덧붙였다. 우리 엄마 말에 따르면, 잘난 얼굴에 등신 같은 행동만큼 웃긴 놈이 없는데 네가 그래. 등신 안 같을 때가 별로 없어. 그러나 계림은 아무것도 들리지 않았다. 웃기잖아… 웃기잖아… 웃기잖아… 한나의 말이 공사판을 메아리쳐 계림의 귀로 끝없이 돌아왔다.

겨우 정신이 들어 '어떻게 돌아가지?'에 대한 고민이 생겼을 때쯤에는 '알렉산더의 딸'이라는 카드로 공사를 중단시켜 입구를 다 막아 놓아서 왔던 길로 다시 돌아갈 수가 없었다. 샛길로 가면 되지. 한나가 무슨 고민을 하냐는 듯 판자에서 내려왔다. 계림도 따라 내려갔다.

"갈 때는 내가 운전할게. 옷 좀 빌려줄래?"

이 원피스 조금만 더 입고 있으면 찢어버릴 것 같아. 그러면 계림이는 갈 때 옷이 없잖아. 맨몸으로 차를 타야만 하잖아. 한나와 눈이 마주치자 계림은 토 달지 않고 셔츠를 벗었다. 도대체 그녀를 잡아 가둔 한정규는 얼마나 용기 있는 자였다는 말인가….

우거진 풀숲 사이를 오픈카 한 대가 버겁게 뚫고 지나갔다. 조수석에 앉은 여자가 나뭇가지에 찔리지 않으려고 몸을 잔뜩 웅송그리고는 무언가를 차 밖으로 휙 던졌다.

얼굴이었다.

나뭇가지에 뻥 뚫린 눈구멍이 걸려 대롱거렸다. 근방에 앉아 있던 새가 깃털을 뿜으며 날아갔다.

조수석의 계림은 빨간 원피스를 입고 얼굴에 팩을 올리고는 안전벨트를 붙들고 덜덜 떨었다. 저녁이라 춥기도 했고, 그보다는 저 멀리에 비좁은 다리 하나가 보여서였다. 몇 년간 아무도 지나가지 않은 듯한 다리에는 캔 음료 쓰레기와 낙엽이 쌓여 있었다. 주위를 둘러봐도 다른 길은 보이지 않았으며 운전대를 잡은 한나가 속도를 줄이기는 커녕 가속 페달을 밟고 있었다. 그러면서도 한 손으로는 부드럽게 라디오를 켰다. 흥겨운 색소폰 소리가 노이즈를 타고 흘러나왔다.

"계림아. 나는 네가 맘에 들어."

"나는… 저기로는 안 갔으면 좋겠어. 길이 아

닌 것 같아."

디제이가 외쳤다. 웰컴. 세러데이 나잇 라이브 코리아. 계림이 다급하게 말했다. 집에 가는 게 아니라 다른 곳으로 갈 것 같아. 저기, 있잖아.

"전화번호 줄래?"

한나의 머리 위로 석양이 졌다. 계림의 얼굴에 얹은 마스크 팩이 가오리의 날개처럼 펄럭였다. 한나가 더욱 가속하고 있다는 뜻이었다. 이제는 바람이 느껴졌다. 계림이 소리를 지르기 시작했다.

"차 세워!"

"인간은 원래 무서운 거랑 좋은 거랑 구별을 못 한대!"

한나가 계림을 힐끔 돌아보았다. 안전벨트를 찢을 것처럼 틀어쥔 계림이 눈물을 쏟고 있었다. 팩이 마를 새가 없었다.

"얼굴이 왜 그래! 너, 나 좋아해?"

죽음의 다리가 코앞이었다.

"으아아악!"

한나는 절대 멈추지 않았다. 지지 않으려면 끝까지 해야 하고 갖고 싶은 게 있으면 용기 내 보아야 했다. 모두 계림이 알려 준 것이었다. 오픈

카가 미친 듯이 질주했다. 한나가 소리쳤다.

"전화번호 줄 거냐고!"

"차! 세우라고!"

계림은 심장이 너무 뛰어서 제대로 된 생각을 할 수 없었다. 한나가 순도 높은 기쁨의 웃음을 지었다. 석양을 따라 호박처럼 빛이 났다. 얼굴이 시뻘게진 절체절명의 상황에도 좋아한다고 쉽게 말하지 않는 계림이 정말 마음에 들었다.

니나 씨의 비빔밥에는 철학이 담겨 있다

단언컨대 비빔밥은 세상에서 가장 완벽한 음식입니다.

나는 이 사실을 한 번도 의심해 본 적이 없습니다. 우리가 '비빔밥' 하면 흔히 떠올리는 전주 비빔밥을 예로 들어 봅시다. 미나리, 애호박, 고사리, 표고, 도라지, 콩나물, 무와 오이, 당근 나물을 사치스럽게 쌓아 놓고 그 위에 아기 주먹만 한 육회나 익힌 고기를 올립니다. 달걀노른자를 얹고 참기름을 둘러 마무리하는 게 보통입니다만 들기름을 쓰거나 지단을 부치거나 잣과 은행, 대추를 곁들여도 좋겠지요. 입안에 가득 차는 향긋

한 나물과 고추장에 버무려져 쫀득거리는 고깃결을 떠올려 보세요. 요즘 같은 시대에 비빔밥이 아니면 어디서 충만함을 얻을 수 있단 말입니까? 인간은 포화되어 가는데 자원은 턱없이 부족합니다. 예술이나 숭고한 정신으로 풍요를 찾는 일은 사치지요. 형성에는 오랜 시간이 걸리고 사람들은 금세 질려 버리니 우리가 오늘날 가득 채울 수 있는 건 겨우 입속이 전부지요.

비빔밥에서 가장 중요한 요소가 쌀이라고 하는 사람들이 많지만 나는 그렇게 생각하지 않아요. 비빔밥의 시작이 쌀이라면 완성은 고추장이지요. 결과주의에 지배당한 현대 사회에서는 당연히 고추장의 노고를 더 높이 치하해야 하지 않겠습니까. 비빔밥은 일본의 덮밥처럼 쌓인 모양 그대로 떠먹는 음식이 아닙니다. 비벼야 완성되는 음식이죠. 원재료의 빛깔을 짐작하지 못할 정도로, 한 치의 여백도 용납하지 않고 하나의 붉은 덩어리가 되었을 때 비로소 입이라는 고귀한 기관에 입장이 가능하지요. 무엇으로 이루어졌는지 분간할 수 없을 만큼 짓이겨져서라도 우리의 혀를 즐겁게 하려 애쓰는 음식이라니, 이 또한 한국인이 좋아하는 자기희생을 똑 닮은 음식이라 볼 수 있지요. 그냥 잘 하는 것으로는 우리를 만족시킬 수 없잖아요? 팔 하나는 부러지고 이십 대에 노안이 오고 산소 호흡기를 끼고 누워서도 '괜찮습니다' 같은 말을 할 수 있어야 진정한 위인이라고 평하는 시대지요.

전주에 가서 비빔밥을 먹으면 바보라고 하는 사람이 있다고는 들었습니다만, 이탈리아에 방문한 크리스천에게 볼 곳이 이렇게 많은데 바티칸 시국에 가야 하냐고 핀잔을 줄 수 있겠습니까? 전주에 가서 비빔밥을 먹는 한국인은 그저 평범하게 성지순례를 하는 것뿐이지요. 우주에서도 인정받은 아름다운 우리의 전통이자 현재, 미래. 비빔밥. 당신이 속에 어떤 철학을 숨기든 빨간 양념으로 덮고 나면 그건 모두 비빔밥이 됩니다. 우리는 비빔밥이라는 이름 아래 하나가 될 수도 있는 것입니다….

새벽 4시 어둑한 반찬가게에 냉장 쇼케이스의 백색 등이 어른거렸다. 주방에서는 효진이 비닐장갑을 끼고 시금치를 무치는 소리와 《데이데이

요리비결》 MC의 목소리가 섞여 나왔다. 효진은 새벽 출근을 할 때마다 카운터 안쪽의 구형 텔레비전으로 이 프로그램의 재방송을 봤다. 공중파에 마지막으로 남은 한식 전문 요리 프로였다.

화면에서는 앞니가 유난히 큰 요리사가 오이탕후루 만드는 법을 소개하고 있었다. 효진은 오목하게 만든 손바닥 위로 참치액을 부으며 봉긋하게 튀어나온 텔레비전 화면을 힐끔거렸다. 요새 왜 자꾸 안 하던 걸 하지? 시금치나물 편은 언제 하는 걸까. 효진은 손가락 사이에 그물처럼 늘어진 시금치를 만지작거렸다.

'더 맛있게 만드는 방법이 있을 텐데. 오늘 내가 대단한 시금치나물을 만들지 못하는 건 저 프로의 기획자가 어리석은 선택을 했기 때문일 텐데.' 효진은 이런 마음이 드는 게 못내 아쉬웠다. 그러나 지나간 일을 붙잡아 고치려 들지 않는 것이 효진의 미덕이었다. 효진은 스테인리스 볼에 시금치 한 웅큼을 던져 넣고 벽에 묻은 깨를 닦아가며 주물렀다.

효진의 엄마는 효진이 태어나기 전부터 반찬 장사를 했다. 효진은 돈까스를 튀겨 달라며 포크로 식탁을 내려치는 남동생과 억지로 먹인 밥 한 술을 씹어 그대로 접시에 뱉는 여동생 사이에서 고민했다. 쓸모없는 동생들 대신 엄마의 고충을 조금이라도 덜어주고 싶었다.

초등학교 5학년 여름에 효진은 학원에 가는 대신 아무도 없는 집에서 학습지를 풀었다. 선풍기 바람에 들썩이는 귀퉁이를 재떨이로 누르고 귓가에 흐르는 땀을 어깨로 문질러 닦았다. 짜리몽땅한 4B 연필이 우그러진 재생지 양면에 찍힐 때쯤 동생들이 돌아왔다.

남동생은 미술 학원, 여동생은 발레 학원을 다녀와 노랗고 하얀 가방을 아무렇게나 던져두었다. 남동생은 바로 한 대뿐인 컴퓨터를 차지하고 앉았으며 여동생은 폴더 폰을 뺨에 붙이고 남자친구와 통화를 했다. 여동생이 시끄럽게 떠들 때마다 십수 개의 키링이 광대 옆에서 철그렁댔다.

효진은 그들이 여기저기 벗어 둔 허물을 치우고 냉장고를 열었다. 장사를 하고 남은 나물 두어 가지와 차게 식은 계란말이, 고추장이 안에 든 것의 전부였다. 효진의 집 냉장고 사정은 늘 크게 달라지지 않았으나 아빠는 습관처럼 아이들에게 뭘 먹고 싶냐고 물었다. 꼭 오늘 저녁에 사 줄 것처럼 선뜻 물으며 세상의 온갖 비싸고 맛있는 음식들을 소개해 주기도 했다. 효진은 그런 말을 굳이 꺼내는 게 문제의 원인이라고 생각했다.

안 그래도 극심한 동생들의 반찬 투정을 더 부추기는 일이었다. 딱히 개선될 게 없는 상황에서 기대를 부풀려 놓으면 그 기대만큼 불만도 커진다는 걸 아빠는 신경 쓰지 않는 듯했다. 뭐 먹고 싶어. 아빠가 다 사 줄게. 사 줄 수 있지. 아빠만 믿어. 그런 말들은 고스란히 엄마의 부채로 돌아갔다.

엄마는 최선을 다해 자식들의 세 끼를 챙기고 있었지만 그럴수록 못된 엄마가 되어갔다. 어린 효진이 생각하기에 아빠는 동생들에게 멍청해지는 뇌파 충격 요법 시술을 하는 것 같았다. 둘째와 셋째가 재미없는 첫째나 미련한 아내보다 자신을 닮기를 원했다. 동생들은 아빠와 함께 살수록 나이에 비해 철이 없어졌다. 이 현상은 그들 셋이 잠들었을 때 효진이 입술 위로 시금치를 벅벅 문질러 대도 좀처럼 나아지지 않았다.

아빠도 자식을 키우는 재미를 원하는 거겠지. 그게 기대로 가득 찬 아이들의 얼굴인 거겠지. 그러니까 무리해서 셋이나 만든 거겠지…. 효진은 언제나 이렇게 생각했다. 아빠가 동생들을 데려다 놓고 시동을 걸 때마다, 빨래 건조대에 걸린 엄마의 이천 원짜리 스카프를 가져다 목을 조르고 싶은 마음을 참았다.

"얘들아, 엄마 왔어. 나와서 인사 좀 해."

무언가 뚜껑을 여는 소리와 함께 현관에서 달큰한 냄새가 났다. 여동생이 휴대폰을 내팽개치고 달려 나가는 걸 보니 드디어 며칠 전부터 노래 부르던 '밀푀유'를 사 온 모양이었다. 밀푀유는 페이스트리 사이에 크림 따위를 끼워 넣은 프랑스 디저트인데 서울의 유명 베이커리에서는 하나에 만 원 가까이 받았다. 효진은 바닥에 떨어진 휴대폰과 부채꼴로 펼쳐진 키링들을 쳐다보다가 발로 차서 소파 아래로 밀어 넣었다.

엄마는 없는 살림에도 먹고 싶은 것이 있다고 하면 세 개씩 사 오려고 노력했다. 나름 음식 장사를 하면서도 직접 만들어 보는 것은 시도조차 못 했다. 조금이라도 돈을 적게 쓴 맛이 나면 자지러지는 동생들 때문이었다. 효진은 자기 몫을 먹으면서 아무런 반응도 보이지 않았다. 자신이 부정이든 긍정이든 동조하는 반응을 보였을 때 동생들이 어리광을 정당화할 여지, 그 확률에 대해 계산하느라 바빴다. 점차 효진은 입에 무얼 넣어도 맛을 잘 구분하지 못하게 됐다. 그날따라 여동생은 밀푀유가 플라스틱 김치 통에 담겨 왔다며 신경질을 냈고 효진은 좀 다른 방법이 필요하다고 느꼈다.

동생들이 밀푀유를 맛보는 동안 효진은 냉장고에서 밥과 반찬과 고추장을 꺼내 왔다. 서걱서걱. 그건 효진의 버석한 발바닥이 장판에 끌리는 소리였다. 남동생의 휴대폰으로 사진을 오백 장쯤 찍고 있는 여동생 앞에서, 빈 김치 통에 재료를 모두 쏟아 넣고 비벼 먹었다. 성에가 낀 밥알을 씹고 있자, 남동생은 밥맛이 뚝 떨어진다는 표정을 지었다.

"어머, 효진아… 엄마가 사 온 거 맛이 없어?"

엄마의 눈썹이 팔자로 내려앉았다. 엄마는 습관처럼 쩔쩔매고 있었다. 효진은 엄마에게 이것이 동생들의 투정 같은 게 아님을 일러주고 싶었다. 자신은 엄마의 편이라는 걸 알려 주고 싶었다. 구역질난다는 얼굴로 입을 막고 있는 여동생을 똑바로 바라보며 말했다.

"아니요. 저는 이게 맛있어요."

효진은 어금니를 으득거리며 콩나물 대가리를 씹었다. 콩나물과 우엉조림 사이에서 김치 통 바닥에 붙어 있던 페이스트리 조각과 크림이 미끄덩거렸다. 효진은 고추장을 크게 한 숟갈 떠서 입에 넣고 혀로 굴렸다. 입천장과 혓바닥에 양념이 잔뜩 묻어 거미줄처럼 늘어졌다. 더 이상 아무도 손대지 않는 밀푀유와, 어떤 대꾸도 하지 못하는 동생들을 보면서 효진은 천천히 다시 말했다.

"저는 이게 정말 맛있어요. 평생 이렇게만 먹어도 좋아요."

그것은 효진의 경고였다. 아빠의 부추김에 동조해서 엄마를 괴롭히지 말라는. 흰자가 많이 보이는 효진의 물고기 같은 눈이 얼어붙은 동생들을 주시할 때마다 그들은 몸을 흠칫 떨었다.

이후로 동생들의 야단스러운 행동들은 눈에 띄게 줄었다. 효진은 자신의 선언대로 계속 비빔밥을 먹었다. 365일 하루 삼시 세끼 내내 무언가를 비벼 먹었다. 엄마는 딸이 남은 반찬을 깔끔히 없앴을 때 죄책감을 느끼면서도 찰나 후련해했고, 나이 든 엄마의 본능을 보는 게 좋았다. 동생들은 허튼 짓을 하려다가도 밥을 먹는 효진의 모습을 보는 것만으로 주춤했다. 효진은 만족스러웠다. 맛을 느끼는 일보다 자신의 '비빔 행동'이 다양한 효과를 불러일으킬 때 더 뿌듯했다. 점점 무엇이든 한 그릇에 넣고 마구 비벼 먹는 식사가 너무나도 당연해졌다.

성인이 된 지금, 효진은 각종 SNS에서 '비빔 미학'이라는 계정을 운영하며 삼시 세끼 비빔밥 사진을 올렸다. 시금치나물을 소분해 진열까지 마치고서 계정의 지난 글이 보이지 않을 때까지 스크롤을 내렸다. 가지버섯올리브조림 비빔밥, 살치살식용꽃마가린 비빔밥 같은 특식들도 간혹 보였다. 비빔밥의 이름을 지칭할 때는 들어간 재료들의 이름을 띄어쓰기 없이 전부 붙이는 문화도 효진이 만든 것이었다.

효진은 최근 유행하던 명란오두비(명란 오이 두부 비빔밥)도 이미 5년 전에 해 먹었다. 트위터의 이름이 X가 되고 프로필 사진이 사각형에서 원형이 되는 내내 비빔 식사를 고수해 온 자신이 소소하게 자랑스러웠다. 쓰던 휴대폰이 고장나지도 않았는데 최신 기종이 나오면 갈아 치우는 세상에 무언가를 이렇게 오래 하는 건 그 자체로 존경받을 만한 일이 아닌가. 인스타 DM으로 인터뷰 요청도 수차례 받았지만 모두 거절했다. 신기하다 못해 기이하게 그리고 대단하게 느껴진다는 사람들의 반응을 즐겼고 어떤 기자도 인터뷰할 수 없는 미스터리 속 인물이 되는 데서 재미를 느꼈다.

비빔밥은 효진이 사람을 미워하지 않게 해 주는 가장 효과적인 방식이기도 했다. 사람을 미워해서 어떤 짓이든 저질러 버릴 것 같으면 효진은 목구멍이 꽉 차게 비빔밥을 밀어 넣었다. 숨이 안 쉬어질 정도로 새빨간 밥 뭉텅이는 자기 자신에 대한 예방 접종이고 재갈이었다. 물고 있으면 놀라울 만큼 심장이 가라앉고 정신이 맑아졌다.

대학 생활 내내 새벽에 가게에 나와 일을 돕다 학점이 애매해지고 졸업 후 애매한 학점이 취직의 발목을 잡았을 때도, 스트레스로 갑상선 수술을 했을 때도 냉장고 속 엑설런트 아이스크림에 찬밥을 비벼 먹으며 마음을 다잡았다. 이렇게 효진은 직장 상사를 따라 도박을 하다 걸린 아빠와 조교가 되어 교수의 딸을 성희롱해 유치장에 간 남동생과 좋아하는 밴드맨에게 적금을 갖다 바친 여동생을 용서했다. 이십 대 초중반의 모든 자유 시간을 가게에 바치고 갑상선을 잘라 버리게 만든 모든 이들을.

그리고, 직원이 모두 사라지고 반찬 가게가 작아지는 동안 누구도 내치지 않는 엄마까지도. 용서했다. 엄마가 '어떤 가정에든 이 정도 아픔은 있어.' 같은 말을 할 때마다 효진은 김삼순 비빔밥 영상을 틀어 놓고 주걱으로 비빔밥을 먹었다. 아무도 안 보는 곳에서 뺨에 양념을 다 묻히고 게걸스럽게 쩝쩝거렸다. 'Love Yourself'가 유행하는 요즈음 효진이 가장 보람을 느끼는 일이었다.

포장 용기에 스티커를 붙이고 있던 그때 가게 문이 열렸다. 효진의 엄마였다. 엄마는 양손에 바리바리 사 들고 온 야채를 바닥에 내려놓더니 불부터 켰다.

"왜 맨날 불을 다 끄고 있어, 다치면 어떡하려고. 이제 새벽에 안 나와도 된다니깐."

"알바 면접보러 가기 전에 시간이 비어서."

"세상에, 누가 새벽 3시부터 일어난 걸 시간이

빈다고 그러니? 내 딸이지만 너 같은 애는 정말 처음 본다."

효진은 엄마의 걱정하는 소리가 새의 지저귐처럼 들릴 때가 있었다. 걱정이 많지만 상냥한 엄마. 세상 모든 것에서 좋은 점을 찾으려고 노력하는 엄마.

"하루를 꽉 채워 살면 좋잖아."

"그것도 다 적당히 할 때 좋은 거야. 아침은? 또 비빔밥 먹어?"

엄마는 비빔밥만 계속 먹는 효진의 식성을 염려하다가도 매번 다양한 식재료를 바꿔 먹으면 영양학적으로는 문제가 없을 거라며 위로하듯이 말을 맺었다. 효진은 그게 효진을 위로하는 말이 아니라 엄마 자신을 위로하는 말임을 알았다. 엄마는 그런 말이 필요한 사람이었다. 그래야 다른 사람들에게 다 퍼주며 살 때 마음이 편한 자신의 성정을 한심하거나 속이 없거나 주제를 모른다는 말이 아니라 배려심이 깊다는 표현으로 정리할 수 있었다.

효진은 비닐장갑을 벗고 바지에 퉁퉁 불은 손을 문지르며 대답했다.

"응, 엄마. 나 비빔밥."

엄마를 볼 때 효진은 습관적으로 송곳니를 보이며 웃게 되었다. 자신의 생활에 아무런 문제도 없음을 일러주고 엄마를 안심시키기 위해서였다.

"인사해. 이쪽은 니나 씨."

"잘해 봐요. 그냥 알바라고만 생각하지 말고, 자기 일처럼 열심히 해야 하는 거 알죠? 근데 또 열심히만 하면 안 되는 거 알죠?"

니나 씨는 손으로 입을 가리고 높은 톤의 목소리를 내며 웃었다. 뾰족한 손톱이 콧구멍을 찌를 것 같았다. 효진은 참지 못하고 물었다.

"네. 근데… 베이커리에서 네일 붙여도 되나요?"

"당연히 안 되지. 이건 그냥 팁이에요. 촬영용."

니나 씨가 정색했다.

니나 씨는 구독자 1.8만 명의 자칭 자기계발 유튜버였다. 얼마 전부터는 베이커리 카페 '티파니와 나'의 새 주인이기도 했다.

효진은 취업 지원금 결과가 나오기 전까지 일할 자리를 구하다 옛 아르바이트 사장의 소개로 이곳에 지원했다. 옛 사장은 외국계 기업에 진출하기 위해 카페를 니나 씨에게 넘겨주었고, 첫 직원은 지인 찬스로 해결하고 싶다는 니나 씨의 말에 무뚝뚝하지만 손이 빠른 효진을 적극 추천했다.

니나 씨는 효진의 이력서를 보는 둥 마는 둥 했다. 그보다는 효진이 입고 온 옷이나 신발, 간단히 틀어 올린 머리 모양을 더 유심히 봤다. 니나 씨가 못마땅한 얼굴로 입술을 삐죽대기에 효진도 그녀의 차림새를 눈여겨보았다. 꽃무늬 퍼프 드레스와 한쪽 어깨 위로 늘어뜨린 긴 머리가 그녀의 유튜브 속 모습과 똑같았다. 중세 유럽 시골의 동화 속 베이커리 파티시에가 모티브랬던가. 앞코가 날렵한 벨벳 로퍼도 그렇고, 카페에서 식음료를 만들기에 적합해 보이는 옷차림은 아니었다.

"하긴 효진 씨가 빵을 만들거나 할 것도 아니고, 카운터 보고 설거지나 좀 도와주면 되니까. 케이크 나오면 시간 맞춰 디스플레이하고. 알바생들은 이름이 알바생이라 받는 돈에 비해 할 일이 확 줄어드는 것 같아. 나는 사장이 돼도 이게 부럽다니까? 진짜로!"

니나 씨는 효진을 투명 인간처럼 앉혀 둔 채 옛 사장의 어깨를 때리며 웃었다.

효진은 카페 내부를 둘러보며 천천히 숨을 들이쉬었다. 도색을 한 지 얼마 안 되었는지 쨍한 민트와 은회색 벽에서 화학 약품 냄새가 났다. 곳곳에 웨이브 모양이나 코 위로 반 정도 잘린 얼굴 모양 화병, 가짜 양초들이 즐비했다. 테이블이 놓인 공간 가운데에는 한 칸짜리 유리장이 우뚝 서 있었다. 박물관에서나 볼 법한 물건이었다.

효진은 자리에서 일어나 유리장 가까이 다가갔다. 장 속에 전시된 것은 화살이 박힌 금색 사과 모형이었다. 효진은 왠지 모를 기시감이 들었다. 이 전시품뿐만 아니라 카페의 이름, 테마 컬러, 민트색에 금테가 둘러진 납작한 하트 모양 발 매트에서도 전부…. 커플이 케이크를 먹거나 커피를 마시러 온다면 자연스레 화두에 청혼이 오를 것만 같지 않은가. 이 카페에 오는 모든 여자가 블랙 드레스에 진주 목걸이와 선글라스를 차려입을 것만 같지 않은가?

"우리나라는 갈 데가 카페밖에 없거든. 공부를 해도 카페, 데이트를 해도 카페. 그러니 카페가 전람회처럼 바뀌는 것도 무리는 아니지."

"역시 아는 사람들끼리는 다 알아 봐. 선배처럼 전시회가 아니라 전람회라는 말을 쓸 줄 아는 사람, 얼마 없는 거 알지."

화살 박힌 사과는 올해 초 '티파니앤코'의 쇼윈도 조형물이었다. 효진도 백화점 근처를 지나며 본 적이 있었다. 효진은 모르지 않았다. 이미 뉴욕에 티파니앤코의 카페 겸 레스토랑이 있고 홍콩에도 분점이 있는 걸 뉴스로 접했다. '이렇게 따라 해도 돼요?'하고 묻지 못해 입이 근질거릴 뿐이었다.

효진이 설거지를 하는 내내 니나 씨는 카운터에서 삼각대와 씨름했다. 입술 위로는 화면에 나오지 않는 것이 니나 씨의 철칙인데 고프로가 그녀의 마음도 모르고 자꾸 얼굴을 찍는다며 신경질을 냈다.

효진은 어디서부터 잘잘못을 따져야 할지 몰

라 헹군 그릇을 다시 물에 담갔다. 세로형 쇼츠를 찍기 위해 설치한 고프로는 삼각대와 호환이 맞지 않아 보였다. 조명의 배치도 잘못되어 피부가 어둡게 나오는 듯했다. 효진은 깨끗하게 닦인 냉판에 새로이 세제를 묻히며 생각했다.

우선 중세 유럽 시골과 동화 속 베이커리 파티시에, 둘 중 하나만 해야 하지 않을까? 니나 씨가 한 번이라도 실제 중세 유럽 시골 풍경의 레퍼런스를 구글링해 본 적 있을까? 효진이 교양 수업에서 배운 중세 유럽 사람들만 해도 사다리꼴이나 첨탑 모양의 모자를 쓰고 수도원에서 입을 듯한 핏의 드레스를 입었다. 누구도 니나 씨처럼 프릴이 잔뜩 들어간 원피스 위로 머리를 치렁치렁 늘어뜨리지 않았다.

효진의 등 뒤에서 냉기가 뿜어져 나왔다. 줄지어 선 냉장고 속 케이크들이 다음 날의 판매를 기다리며 글리세린 빛을 내고 있었다. '티파니와 나'의 모든 베이커리는 다른 매장에서 인수해 온 것이었지만, 니나 씨는 주방에 레이스 블라인드를 쳐 놓고 '모든 베이커리는 매장에서 매일 직접 만듭니다.'라는 게시물을 올렸다.

한쪽에 몇 개의 케이크 시트, 아무것도 올라가지 않은 컵케이크와 마들렌이 있었다. 니나 씨가 데코용 크림을 짜거나 아이싱하는 장면을 찍고 나면 그대로 버려졌고 그게 이 베이커리 카페에서 일어나는 '베이킹'의 전부였다. 니나 씨가 만든 크림과 장식용 부속품들은 맛을 전혀 고려하지 않은 물건이었기 때문이다.

"효진 씨. 이리 와 봐. 인스타 잘해? 스토리 같은 거 올릴 줄 알아?"

인스타그램 하이라이트에는 '전직 바이올리니스트의 베이커리 카페, 도전하는 삶의 아름다움' 같은 게시물이 촘촘하게 바느질되어 있었다. 효진이 스토리를 올리는 것을 보던 니나 씨가 한숨을 쉬며 휴대폰을 뺏었다.

"인꾸 몰라 인꾸? 효진 씨, 생각을 해 봐. 스토리를 올리라는 게 그냥 내용을 적어서 올리라는 게 아니겠지? 여기 스티커랑 글씨 색이랑 이런 게 다 왜 있겠어, 꾸미라고 있는 거지. 이것도 봐. 사과파이를 사과파이라고 적으면 어떡해. 쇼송 오 뽐므라는 이름이 엄연히 있는데. 걔네는 얼마나 서운할까? 빵 파는 사람이 자기 이름도 제대로 안 불러 주고?"

효진은 묻지 않았지만, 식사 시간이 되자 니나 씨는 자신의 프랑스 유학 시절 이야기를 줄줄이 늘어놓았다. 버클리 음대를 아주 근소한 차이로 미끄러져 프랑스에 있는 모 음대에 갔다는 대목에서 니나 씨는 거창하게 발음을 꼬았다. 절대로 덜 유명한 음대라서 못 알아듣게 숨기는 게 아니라는 말만 덧붙이지 않았어도 효진의 생각이 거기까지 미치지 못했을 것이었다.

"유리장 속에 바이올린을 넣었으면 사람들이 관심 있게 보지 않았을까요."

"효진 씨. 사람이 그렇게 과거에 맺혀 살면 안 돼. 선택과 집중을 잘 해야 살아남는 시대야."

니나 씨는 도시락 통을 열어 오 분간 사진을 찍었다. 도시락 통은 일본에서 사 온 산리오 캐릭터 박스였고 안에는 우삼겹 메밀면과 카프레제 샐러드가 들어 있었다. 니나 씨는 입가에 손을 대고 뒤늦게 소곤거렸다.

"가게에 걸려 있으면 가끔 켜 달라고 하는 사람 있거든? 근데 안 돼. 나 예전처럼 바이올린 잘 못 켜. 초딩들이 나보다 잘 할걸?"

효진은 나나 씨가 사진을 다 찍기를 기다린 뒤 자신의 도시락을 열었다. 효진의 도시락은 구절판 모양의 2단 도시락으로, 비빔밥을 싸서 다니기 위해 특수 제작한 물건이었다. 아래층에 담긴 밥 위에 위층의 반찬들을 차곡차곡 쏟아 올리자 나나 씨가 황당한 표정을 지었다.

"효진 씨 부지런하다. 맨날 그렇게 챙겨 다녀? 이런 도시락 통은 어디서 사?"

"아뇨. 이건 제가 만든 건데요. 이 도시락에는 총 아홉 개의 반찬과…"

효진은 구절판 도시락 통을 만들기 위해 한 칸 한 칸 사이즈를 재가며 업체를 수소문했다. 반찬 칸은 레진을 굳혀 시안용 몰드를 직접 만들었고 최종 모델링을 뽑을 때는 아예 회사를 찾아갔다. 재료를 직접 섞기 전에는 나물이 한 줄기도 섞이지 않도록 하기 위해 뚜껑의 홈과 반찬 통의 칸막이 간격에 심혈을 기울였다. 단순히 자부심이 큰 데서 그치는 게 아니라, 효진 인생 최대의 작품이었다.

효진은 한 칸씩 돌려 가며 반찬을 쏟을 수 있는 회전 구조에 대해 설명하고 마지막으로 달걀노른자와 고추장을 보관하는 분리형 곽을 꺼내

와서 보여 주었다. 출근할 때 냉장고에 넣어 놓은 것이었다. 니나 씨는 등받이가 조개껍데기처럼 생긴 핑크색 의자에 앉아 피곤하다는 얼굴로 메밀면을 깨작였다.

"효진 씨."

"네?"

"내가 진짜 도시락 통 어디서 사는지 알려 달라고 물어봤을까? 아니겠지?"

"아… 네."

효진이 달걀노른자와 고추장을 덜어 밥에 비비자, 놋숟가락에 나물과 양념이 쩌억, 쩌억 붙었다. 니나 씨는 대놓고 손등으로 코를 막고 손을 휘휘 저었다. 소리와 냄새가 거슬리는 모양이었다. 아무리 식사를 제공할 수 없으니 도시락을 싸오라는 통보를 했을지언정 이런 선택지는 니나 씨의 '선택과 집중'에 낄 수 없었던 것이다. 효진이 밥을 한 술 떴을 때 니나 씨가 물었다.

"효진 씨, 다음부터는 가게 냉장고에 그런 거 넣어 두지 마. 앞으로도 계속… 그 밥 싸 올 거야?"

효진은 한 술을 다 씹어 삼키고 대답했다.

"네."

"효진 씨. 이게 밀푀유라는 거야."

효진은 붓꽃 장식으로 둘러싸인 도자기 그릇 위의 밀푀유를 내려다보았다. 페이스트리 맨 위의 크림에는 사람 얼굴이 인쇄된 화이트 초콜릿이 꽂혀 있었다. 효진의 손이 좀처럼 움직이지 않자 니나 씨는 한 손에 카메라를 들고 효진을 재촉했다. 앵글에 잡히지 않는 곳에서 니나 씨의 키튼힐이 탁탁 소리를 내며 바닥을 쳤다.

니나 씨는 얼마 전부터 아이돌이나 배우, 애니메이션 캐릭터의 생일 카페 예약으로 부족한 매출을 충당하기 시작했다. 한편으로는 직접 설정한 '디저트를 너무 사랑해 음악도 그만두고 카페를 차리다 못해 직원에게까지 디저트를 퍼 주는 나'라는 캐릭터에 십분 이입하기도 했다. 효진에게 내준 밀푀유에도 아이돌 C군의 얼굴이 박혀 있었다. 문제는 지금, 효진이 하루 종일 이 밀푀유를 팔아 치우다가 느글거리는 속을 달래기 위해 구절판 도시락을 열기 직전이라는 점이었다. 효진은 반들반들한 구절판의 검붉은 뚜껑에서 눈을 떼지 못했다.

"밥 먹고… 먹으면 안 될까요?"

"효진 씨. 효진 씨는 진짜 말이 안 통해. 전에도 말했지? 촬영은 내 일이지만 다 이 카페에서, 효진 씨 직장에서 일어나는 일이니까 효진 씨 일이기도 하다고. 그리고 쇼츠는 타이밍이 생명이라고 몇 번을 말해야 할까? 효진 씨. 했던 말 또 하게 하는 애들이랑은 누구도 일하기 싫어해. 다시 말해 주는 것도 한두 번이잖아?"

효진은 주먹을 감싸 쥐고 중지 손톱으로 손바닥을 벅벅 긁었다. 이를 악물거나 입술을 말아 무는 건 사회생활에 큰 도움이 되지 못했다. 그러나, 이렇게 열심히 참아 보았으나, 효진은 두뇌 저편에서부터 해일처럼 들이치는 의문을 멈출 수 없었다. 그렇다면 니나 씨와의 '직장 생활'을 통해 효진 자신이 얻는 비전과 교훈이란 과연 무엇이란 말인가?

효진은 이 상황을 빨리 종결시키고 싶어 서랍에서 나무젓가락을 꺼내 뜯었다. 밀푀유에 나무젓가락을 꽂아 넣자 니나 씨의 얼굴이 와그작 일그러졌다.

"어떻게 디저트를 나무젓가락으로 먹니? 효진 씨, 카페에서 일하는 사람 맞아? 아니, 혼자만 조선 시대에 사는 거 아니지? 이건 너무 개념 없잖아, 효진 씨…."

효진은 확신했다. 니나 씨가 직원에게 간식 주기 콘텐츠를 만든 이유는 효진이 비빔밥을 먹는 것을 보기 싫어서였다. 혹은 그냥 효진이 싫어서일 수도 있었다. 단지 그 이유 때문에, 니나 씨는 자신을 둘러싼 그 무엇 하나도 자기 취향대로 풀리지 않으면 안 되는 사람이었기 때문에….

생일 카페 마지막 날, 효진은 종일 모서리가 둥근 직사각형의 음료 용기에 강아지 귀가 달린 사람 스티커를 붙였다. 니나 씨는 팬들이 방문해 인증샷을 찍을 때는 방긋방긋 웃다가 그들이 사라질 때면 레이스 커튼 뒤에 숨어 한껏 싫은 소리를 했다. 신경질을 못 참고 C군의 사진이 인쇄된 종이컵을 쓰레기통에 처박았다. 그가 살짝 애매한 인지도의 마이너 아이돌이었기 때문이었다.

니나 씨는 잘 나가는 카페일수록 최정상의 아이돌 팬들이 생일 이벤트를 예약한다고 믿어 의

심치 않았다. 그러다 보니 니나 씨의 머릿속에서 전후 관계가 살짝 잘못되어, C군 같은 아이돌의 팬들이 우리 가게를 눈여겨보았기 때문에 장사가 안 되는 거라는 논리로 와전되고 말았다.

니나 씨는 얇은 커튼 한 장을 방패로 어쩐지 비트가 싸구려라느니, 회사가 돈이 없어 성형을 하다 만 것 같다느니 하는 말을 서슴지 않았다. 효진은 셔터 한 방에 애정이 넘쳐흐르는 홀을 힐끔 보고 음악 소리를 키웠다. 비빔밥 외에 뭔가를 좋아해 본 적 없었지만 적어도 이곳에서 본 C군의 팬들은 단지 좋아한다는 이유만으로 손가락 두 마디보다 작은 쿠키를 팔천 원에 사 가서 아까워 먹지도 못하는 사람들이었다.

니나 씨는 결국 주최 측과 약속한 마감 시간 사십 분 전에 카페의 플레이리스트를 바꿔 버렸다. '티파니와 나'의 시그니처 음악이라고 주장하는 〈Moon River〉가 흘러나왔다. 마감 직전에 카페를 찾은 C군의 팬들은 C군 그룹의 노래가 나오지 않자 당황하는 기색이었다. 그들 중 한 명이 니나 씨에게 C군의 노래가 나오지 않는다고 항의했다. 니나 씨는 웃으며 답했다.

"어머, 그러게요. 조금 더 일찍 오셨으면 좋았겠다. 저희가 슬슬 마감 중이라서요."

"마감 중이라도 마감을 한 건 아니잖아요. 저 여기 주최 언니랑 아는 사인데. 그럼 지금 연락해 보시겠어요?"

효진은 커튼 뒤에서 주방 마감을 마쳐 놓고 다급히 비빔밥을 비볐다. 밖에서는 피 튀기는 기싸움의 혈전이 벌어지고 있었고 효진은 스톱워치라도 돌아가는 양 허겁지겁 비빔밥을 입에 밀어 넣었다.

C군의 생일 카페 이벤트 기간 내내 니나 씨는 효진에게 직접 만든 밀푀유를, 라비올리를, 치즈퐁듀를, 클램차우더를 비빔밥 대신 먹였다. 효진은 그것을 어떻게든 페이스트리 비빔밥이나 크림치즈 비빔밥으로 받아들여 보려 했으나 실패했다. 밥도 아니고 빨갛지도 않고 입 안에서 뭉쳐지지도 않는 것들이 효진의 위 속을 굴러다녔다. 하나로 집어서 삼킬 수 있었던 문제들이 제각기 다른 모습으로 분열하기 시작했다.

바이러스. 효진에게 밥을 비비지 않는 식사는, 억지로 맞추는 남의 취향은 일 초에 삼백 개씩 분

열해 온몸으로 퍼지는 바이러스와도 같았다. 집에 가서 비빔밥을 다시 먹어도 식사 때에 맞춰 비빔밥을 챙겨 먹는 개운한 기분은 들지 않았다. 애매하게 부른 배와 더부룩한 속이 버겁기만 했다. 효진은 나날이 불쾌했다. 원래 식사를 하는 기분이라는 건 이런 게 아닌데.

니나 씨는 줄곧 효진의 구절판 도시락을 막고 서서, 효진으로 하여금 물러 터진 노른자와 쉬어 버린 나물을 상상케 했다. 평생 그 나물을 무쳤을 엄마와, 미처 사람들의 뱃속으로 사라지지 못하고 노란색 음식물 쓰레기 봉투에 버려졌을 엄마의 반찬들이 떠올랐다. 엄마 때문에 미처 징벌하지 못한 아빠와 동생의 만행들이, 그들의 얼굴이 니나 씨 위로 겹쳐 보였다. 효진은 고개를 박고 나물을 면발 삼키듯 목구멍 속으로 들이마셨다. 마지막 한 입을 볼 안으로 욱여넣었을 때 니나 씨가 씩씩대며 손날로 커튼을 열어젖혔다. 잔뜩 분이 차오른 니나 씨와 입가에 고추장이 덕지덕지 묻은 효진의 눈이 서로 마주쳤다.

"뭐 하니?"

"주방 다 했는데요, 밥…."

니나 씨는 아무 말 없이 효진의 앞까지 다가왔다. 구절판 도시락을 그대로 싱크대에 집어 던졌다. 와당탕 콰장창 하는 소리와 함께 반찬통 모양대로 쪼개진 구절판이 싱크대 여기저기에 나뒹굴었다. 효진의 입가에 붙은 밥알이 바닥으로 툭 떨어졌다.

"어차피 설거지할 거였잖아. 그렇지?"

니나 씨의 키튼 힐이 밥알을 밟고 효진을 지나쳐 카페의 후문으로 사라졌다. 효진은 너저분한 싱크대를 내려다보았다. 재단을 따라 아주 정교하게 깨져 버린 도시락통과 아무렇게나 쪼개진 C군의 얼굴 초콜릿을. 빨갛고 검은 도시락통 위에는 환히 웃는 입술과 보조개가 있었다. 배수구를 막은 콩나물 위로 C군의 귀와 울프컷 뒷머리가 음표처럼 걸려 있었다.

효진은 니나 씨가 나간 곳으로 고개를 돌렸다. 반쯤 열린 후문 사이로 초저녁의 어둠을 먹고 녹음이 짙어지고 있었다. 니나 씨는 카페를 뜨는 길에 알바생에게 라자냐를 먹이는 영상을 업로드했다. 영상 속 효진은 가게의 화병들처럼 코 위로 얼굴이 없었다. 아주 절묘하게 알바생의 얼굴을 크롭하느라, 니나 씨는 자신의 등을 쳐다보는 효진의 물고기 같은 눈을 보지 못했다.

"미친년들이!"

니나 씨가 소리쳤다. 누군가 가게 앞 벽에 빨간 스프레이 페인트를 잔뜩 뿌려 놓고 가서였다. 분을 못 삭여 연분홍 메리제인으로 벽을 걷어차는 것을 효진은 가만히 지켜보고 있었다.

효진은 생각했다. 년인지 놈인지, 하나인지 여럿인지도 모르면서. 본인도 년이면서. 니나 씨처럼 창의력이 부족한 사람이 저런 말을 할 때는 분명 주위에 저런 말을 하는 사람만이 가득한 까닭일 거라고 또 무심코 그녀를 두둔해 주었다. 이런 말들이 그간 니나 씨가 먹인 느글거리는 음식들처럼 소화되지 못하고 입안에서 맴맴 돌았다. 그래도 효진은 내뱉지 않고 니나 씨보다 조금 나은 사람이 되기 위해 용을 썼다.

"오늘 장사하지 말고 이거 닦아야겠다. 이래

서 영업을 어떻게 해. 못 해."

니나 씨가 카운터 서랍을 뒤져 영업 종료 팻말을 찾는 동안 효진은 툭 튀어나온 아스팔트 블럭을 걷어찼다.

"못 닦을 것 같은데요. 위에 원래 색으로 덮어야 할 것 같은데."

"야, 그럼 나더러 페인트를 사 오라는 얘기야?"

니나 씨는 순간적으로 튀어나온 '야'라는 호칭에 스스로 움찔한 듯했다. 효진은 니나 씨의 눈을 쳐다보지 않았다. 고개를 들지 않고 입술만 달싹였다.

"뭐가 문제예요? 페인트를 사 오는 게 창피해요?"

"뭐가 문제예요?"

그러나 효진의 말이 찰나의 죄책감마저 말끔히 씻어 주었다. 니나 씨는 미간을 찌푸리고, 눈썹을 팔자로 만들고 쌍꺼풀과 애굣살을 모두 일그러뜨리며 팔자 주름 사이로 윗입술을 까뒤집은 채 한참을 웃었다. 그리고는 서랍에서 팻말 대신 행주를 꺼내 효진에게 던졌다.

*

“야, 내가 집 갔다 오는 동안 닦아 놔. 알았지?”

니나 씨는 해가 시청 건물을 넘어가는 시각까지 오지 않았다. 효진은 쪼그려 앉았던 다리를 펴고 니나 씨에게 문자를 남겼다. 와서 봐주세요. 얼마나 닦였나. 오 분 후에 하나를 더 남겼다. 죄송해요. 잘못했습니다.

잠시 후 멀리서 걸어오는 니나 씨를 보았을 때 효진의 입에서 헛웃음이 샜다. 역시나 그녀는 매우 단순한 사람이었다. C군의 팬들이 자신의 사랑을 서포트하기 위해 합당한 대가를 지불하고 그녀의 가게를 빌렸다는 사실, 그리고 가게에서 일어난 사고가 알바생과는 하등 관계없는 일이라는 점은 그녀에게 중요하지 않았다. 그녀는 지금 당장 눈앞의 사람이 자신의 기분을 풀어 주어야 했다. 자신은 그것 하나면 충족되는 아주 소박한 행복을 즐길 줄 아는 사람인데 참혹한 세상이 자신을 자꾸 교양 없게 만든다며 불평했다.

효진은 효진이야말로 그런 사람이라고 생각했다. 그저 무슨 일을 시키든 비빔밥만 먹게 놔두었다면 어떤 불만도 목구멍 아래로 함께 사라졌을 텐데. 효진은 가게 스툴에 앉아 헬로 키티 모양의

큐빅이 박힌, 새하얀 트레이닝복 차림의 니나 씨가 들어오기를 기다렸다. 그때 하필이면 해가 지고 말아서 끝내 그 말을 직접 느끼게 해 주어야겠다는 결론에 미쳤다.

"씨발, 너 진짜 미쳤냐?"

이 말을 마지막으로 니나 씨는 더 이상 아무 말도 못 했다. 효진은 니나 씨의 입에 미니 슈크림 빵 세 개를 쑤셔 넣고 청 테이프로 입을 막았다. 그 위에 빨간 장미 테이프를 붙여 청록색이 보이지 않게 만들었다.

효진은 니나 씨를 발효실 안으로 밀어 넣으며 벌써 너무 만족스러운 마음이 들지 않으려고 노력했다. 발효실은 빵을 만들지 않는 이곳에는 필요 없었지만 니나 씨의 인스타그램을 위해 중고로 구입한 물건이었고 마른 체구의 성인 여자 한 명이 웅크리고 들어가면 꽉 차는 직사각형의 철제 상자였다. 효진의 상상대로 니나 씨의 몸은 그곳에 꼭 맞았다.

깜깜한 발효실 안에는 손발이 묶인 니나 씨의 부릅뜬 눈만 보였다. 효진이 손에 묻은 슈크림을 니나 씨의 어깨에 닦자 니나 씨가 안으로 먹힌 고함을 내지르며 몸을 비틀었다. 발효실 안에 있던 반 회전 칸막이가 흔들거리며 니나 씨의 팔뚝을 스쳤다. 철판을 하나씩 꽂아 놓을 수 있도록 제작된 것이라 가장자리에 날카로운 받침이 있었다. 니나 씨는 아픔을 참지 못해 고개를 젓다가 천장에 뒤통수를 세게 부딪혔다. 그동안 효진은 가만히 있었다. 효진이 아무것도 하지 않고 있는데도 니나 씨 혼자 다양한 상처를 만들며 한참을 발광했다.

숨을 거칠게 들이쉬는 니나 씨의 얼굴은 그 사이 땀으로 범벅이 됐다. 설명을 요구하는 눈빛이었다. 효진은 아무 말도 하지 않았다. 니나 씨는 효진이 마치 넷플릭스의 악당들처럼 '그간 네놈의 이러이러한 만행들을 참아준 건 저러저러한 목적을 달성하기 위함이었지' 따위의 대사를 뱉을 거라고 자신도 모르게 기대했지만 효진은 단 한 마디 말도 하지 않았다. 발효실의 문을 두어 번 닫아 보며 니나 씨의 코가 부딪히지 않는지 확인할 뿐이었다.

화창한 다음 날 효진이 가져온 것은 생크림에 비빈 밥이었다. 가게 창문은 온통 레이스 커튼으로 덮였고 개인 사정으로 인한 영업 중단 팻말이 걸려 있었다. 효진은 휴대폰으로 〈Moon River〉를 틀고 니나 씨의 입에 붙은 청테이프를 떼어 주었다.

"뭐, 뭐야 씨발. 이건 또 뭔데, 씨발, 씨…."

니나 씨는 절망스러운 눈으로 반투명한 흰색 볼과 효진을 번갈아 보았다. 원래는 초콜릿을 녹이는 용도로 사용되는 볼에 갓 휘핑한 생크림과 쌀알이 담겨 있었다. 효진이 숟가락으로 휘저어 들어 올리자 꾸덕하게 붙었다가 떨어졌다.

한 숟갈 떠 니나 씨의 입가로 가져가자 니나 씨가 몸을 한껏 뒤로 빼고 고개를 저었다. 싫다고 몇 번 말해 보다가 효진이 자신의 입 벌리는 순간을 기다리고 있다는 걸 깨닫고 입을 다물었다. 효진은 묵묵히 생크림 밥이 담긴 숟가락을 입 앞으로 가져다 댔다. 끊임없이. 어떠한 설명도 해 주지 않고 몇 시간이 가도록 같은 행동을 반복하는 효진의 얼굴은 하루 종일 반사 조준 게임을 하는 사람과도 같았다. 그저 니나 씨의 입술이 왼쪽 위로 피하면 왼쪽 위로, 오른쪽 아래로 피하면 오른쪽 아래로 따라가는 게 효진이 하는 전부였다.

겨우 생크림 밥을 씹어 삼킨 니나 씨는 한 숟

갈 만에 토기를 내비쳤다. 그러면 효진은 새 볼을 갖다 받치고 그녀가 토하는 것을 다 지켜보고 또 새 숟갈을 떠서 입에 가져다 댔다. 그렇게 삼시세끼를 먹였다. 가게 안에 있던 재료를 사용해 유동적으로 메뉴를 바꿔 주었다. 프레지덩 버터와 설탕에 비빈 밥을 먹이기도 하고, 우유에 크림치즈를 풀어 퉁퉁 불은 콘플레이크를 섞어 먹이기도 했다. 효진이 신경 쓴 부분은 그중 어떤 재료도 톡 쏘는 맛이 없도록 조절하는 것이었다. 모든 맛과 식감이 하나로 뭉그러져 구분할 수 없이, 거의 치아를 사용할 필요도 없이 니나 씨의 식도를 꿀렁꿀렁 타고 내려가기를 바랐다.

효진은 설명해 주고 싶지 않았다. 매일 세 번 놋숟가락이 니나 씨의 치아를 드르륵 긁는 소리를 들으면서, '내가 어떠한 것이 불만이니 지금 당장 눈치껏 사과해'라고 끊임없이 표출하는 니나 씨보다 여전히 자신이 좀 더 나은 사람이라고 생각했다.

주간 달력이 넘어가는 동안 니나 씨를 찾는 사람은 없었다. 그다지 유명한 인플루언서가 아닌 니나 씨는 전에도 기분 따라 소식 없이 활동을 쉬기도 했고, 그녀의 부모는 들인 돈에 비해 그다지 자랑할 만한 결과를 가져온 적이 없는 딸을 그리워하지 않았다. 여전히 유튜브와 인스타그램 첫 화면 속 니나 씨는 오로라 빛으로 호화로웠고 인터넷 커뮤니티의 제한된 정보는 사람들이 그것을 있는 그대로 믿도록 만들었다. 니나 씨가 언제나 그렇게 살고 있을 것이라고. 잘은 모르겠지만 잘 살고 있을 것이라고.

효진은 니나 씨의 잠든 휴대폰 앞에서 어깨를 으쓱했다. 이 또한 니나 씨 스스로 초래한 결과가 아닌가.

니나 씨의 일과는 점점 단순해졌다. 차라리 아무것도 먹지 않아 혼절하는 편이 나으련만, 효진이 밥 하나는 충실히 먹이고 또 비우는 일에도 협조했기에 안색은 멀쩡하기만 했다. 오히려 배와 턱에 살이 붙었다. 간혹 게워내고 나면 탈진해 기절하기도 했다. 그러나 얼마 지나지 않아 식사 시간이 다가왔다.

니나 씨는 이제 속으로만 욕했다. 태어나서 처음 속으로 욕하는 법을 배웠다. 왜 한국인은 하루에 밥을 세 번이나 먹는 걸 교본처럼 가르치느냔 말이다. 가게에는 손님도 없는데 영화배우 버전의 〈Moon River〉가 밤낮을 모르고 흘러나왔다.

그날 밤 니나 씨는 저녁을 먹고 토한 뒤 기절해 있었다. 정신을 잃으면서 저녁 식사 후의 기절이 가장 유익한 것 같다고 생각했다. 가장 오래 눈을 감고 있을 수 있으니까. 하지만 애석하게도 니나 씨의 몸에는 요즘 당이 넘쳐 새벽 2시만 되면 눈이 떠졌다. 손발이 저리고 입안에서 단내가 나는 혈당 스파이크의 위력에 니나 씨가 부스스 눈을 떴다.

니나 씨는 접혀 있던 다리를 폈다가 문득 발효실의 문이 열려 있다는 걸 깨달았다. 믿을 수 없었다. 혹시 꿈이 아닐까? 조심스레 발로 문을 밀자, 쇳소리와 함께 문이 열렸다. 이 작은 현상이 너무나 기적 같아서 니나 씨는 환호성을 지를 뻔했다.

그리고 니나 씨의 눈앞에 환한 빛이 들어왔다.

주방 공장은 어두웠고, 발효실 바로 앞에 비치되어 있던 디스플레이 냉장고의 불이 갑자기 켜졌다. 니나 씨는 무릎으로 기어 냉장고로 다가갔다. 두 발은 묶여 있었고 손은 자유로웠다. 니나 씨는 지금 당장 아무 창문이라도 부수어 탈출하지 않고 홀린 듯 냉장고의 문을 열었다.

그 안에는 투명하고 큰 구절판이 있었다. 갓 무친 나물 반찬의 참기름 냄새가 니나 씨의 코를 찔렀다. 따로 담긴 고기와 밥을 보니 절로 침이 넘어갔다. 그동안 크림 범벅 비빔밥이 담겨 나오던 반투명한 흰색 볼에는 고추장이 차고 넘칠 만큼 그득 담겨 있었다.

니나 씨는 잠깐 주변을 둘러보았다가 금세 고추장이 담긴 볼로 시선을 돌렸다. 그리고 천천히 고추장 속에 손가락을 담갔다. 빨갛게 칠갑이 된 손가락을 입에 가져다가 혀로 핥았다. 찌릿하고, 맵고 짠 맛이 니나 씨의 미뢰를 후려쳤다.

그다음에는 나물을, 고기를, 밥을, 다시 고추장을 집어 입에 쑤셔 넣었다. 그간 거의 쓸 필요가 없었던 치아를 마구 움직여 콩나물과 미나리와 애호박, 고사리를 으적으적 씹어댔다. 니나 씨는 꿀을 퍼먹는 곰처럼 고추장을 손으로 퍼먹다가 그것도 부족해졌다. 재료를 한입에 몰아넣고 고추장 볼 속에 얼굴을 박았다. 효진이 그 속에 뭘 넣은 건지 도무지 멈춰지지가 않았다. 다른 무엇보다도 고추장이 도저히 먹기를 멈출 수 없는 맛이었다.

효진은 주방과 카운터 사이의 레이스 커튼을 걷어 놓고 핑크색 조개 모양 의자에 앉아 스탠드 카메라로 니나 씨의 모습을 보고 있었다. 이 카메라 또한 니나 씨가 설치해 둔 것이었다. 편의점에 새로 나온 새싹비빔삼각김밥을 한 입 먹고 자신의 휴대폰으로 다각도의 사진을 찍었다. 니나 씨가 비빔 재료를 끊임없이 퍼먹는 동안 이 신제품을 데워 먹는 것보다 찬 상태에서 먹는 게 맛있는 이유를 SNS에 포스팅했다. 효진이 게시물을 올리고 얼마 지나지 않아 수십 개의 하트가 눌렸다.

어두운 가게 내부에는 카메라의 빨간 불빛과 효진의 눈과 휴대폰으로 틀어 둔 《데이데이 요리비결》 재방송만이 일렁이며 빛을 냈다. 니나 씨가 마침내 커다란 트름을 내뱉고 기절해 버린 후에야 효진은 《데이데이 요리비결》을 시청했다. 그토록 기다려 온 시금치나물 편이었다. 효진의 마음이 아주 조금 불편해졌다. 이걸 본 직후에 반찬

가게에 가서 시금치를 무쳐 보지 못하는 게 아쉬웠다.

'그래도 영광스러운 날이야.' 효진은 그렇게 느꼈다. 니나 씨가 좋아하는 영화 속 여자 주인공처럼 기타는 치지 않았지만 〈Moon River〉를 흥얼거렸다. 작은 화면 속으로 니나 씨가 퍼먹은 반찬과 고추장의 양을 관찰해서 노트에 적어 놓았다. 그 비율은 다른 누구도 아닌 니나 씨만의 법칙이었다.

오늘이 바로 전혀 비빔에 무지하던 누군가의 인생에 하나의 철학이 확립되는 날이었고 그것을 직접 목격하는 몹시 좋은 날이었기 때문에…. 오늘은 절대 합일할 수 없을 거라고 생각했던 니나 씨와 효진이 끝내 비빔밥으로 하나 되는 좋은 날이었기 때문에….

간만에 정상영업을 하는 '티파니와 나'를 찾은 고객이 고개를 갸웃거렸다. 첫째는 카페가 온통 빨간색으로 도색되어 있었기 때문이고, 둘째는 온통 하늘하늘한 옷으로 치장해 눈길을 끌던 사장이 어디에서도 보이지 않아서였다. 모자를 쓴 직원에게 묻자 직원은 휘낭시에와 라테가 담긴 트레이를 내려놓고 답했다.

"사장님이 소화 불량이셔서."

"대신 나오셨구나."

카페는 한산했다. 오랜만에 홀로 나들이 나와 스토리를 올리며 분위기를 잡은 것도 잠시, 엠비티아이 E 유형의 고객은 금세 무료해졌다. 직원에게 스몰 토크를 걸고는 그가 보통 사람들이 잘 쓰지 않는 표현을 쓰는 걸 보고 흥미로운 사람이라고 생각했다.

'합일'이나 '숭고하다'라거나 '자기희생'이라거나. 쓰는 단어가 고급스럽다는 생각이 들자 코로나19 이전 세대구나 싶어 왠지 반가웠다. 그는 평소 코로나19 이후 세대와 수준 높은 대화가 통하지 않아 아쉽다는 생각을 계속했다. 고객이 슬슬 카페를 떠나 다음 핫플로 이동하기 위해 점심 메뉴를 추천해 달라고 하자 직원이 송곳니를 보이며 웃었다. 그리고 이렇게 말했다. 비빔밥 어떠세요, 고추장 많이 넣어서….

사용설명서 :
당신의 용을 해방하라

— 비 온다. 우산 챙겨.

친언니 지민으로부터 온 위챗*이었다. 저 멀리 중국 충칭에서 한 시간의 시차를 고려해 예약한 위챗은 희랑의 출근 시간에 딱 맞게 도착했다. 희랑은 입맛을 쓰게 다셨다. 오늘은 답장을 뭐라고 보낸대? 신발 뒤축을 잡아당기며 현관에 쪼그려 앉았다가 고민이 길어졌다. 희랑은 음성 메시지 기능을 켰다. 마음속으로 멘트를 검토해 보았다.

어차피 나 나가면 또 멈출걸. 어릴 때부터 그

* 중국 메신저. 카카오톡과 유사하다.

랬잖아. 지옥철에 손 무겁게 타기 싫음. 괜찮아.

충칭에 사는 지민은 늘 한국의 날씨를 확인했다. 십 년 넘게 희랑의 등교와 출근 시간에 맞춰 예약 문자를 보냈다. 가끔 화상 통화를 하고 안부를 물었다. 그러나 한국에 오지는 않았다. 희랑은 자신에게 정말 언니가 있는 것인지 종종 헷갈렸다. 상상의 동물 같았다.

꾸준히 연락해 주는 일에 고맙다고 해야 할지, 어쩜 한 번을 안 보러 오느냐고 언니에게 가족이 있기는 한 거냐고 화를 내야 할지 몰랐다. 구멍 뚫린 방충망 틈새로 튀어 들어오는 빗물처럼 서운한 마음이 들고는 했다. 요즘은 슬슬 의혹이 생겼다. 서운해서가 아니라 서먹해져서 그런 거 아닌가. 그리고 또 뭐 사회인들이란 다 이렇게 멀어지며 늙어 가는 거 아닐까. 어머님 아버님 걱정들 마십쇼. 우리네 딸래미들 아주 정상적으로 성장하고 있구만요.

— 응.

희랑은 한 글자를 보내 놓고 집을 나섰다. 내리막길을 걷는 동안 인터넷 쇼핑몰의 2만 원대 로퍼가 비를 맞아 고무 소리를 냈다. 희랑은 쿨한 척 주머니에 양손을 넣고 걷다가 무언가 잘못되고 있음을 깨달았다. 속눈썹이 축축해 눈 뜨기가 힘들었다.

폭풍우 몰아치는 날에도 집 밖에 나섰다 하면 비가 그쳤다. 아깃적부터 이어져 온, 얼마 안 되는 희랑의 장기다. '날씨 요정'이라는 별명이 통용되기 전부터 그 자리는 희랑의 것이었단 말이다.

툭　　　　톡…

　토독　　　　투둑…

　　툭

아. 이상하다. 이 골목 돌면 그쳐야 하는데. 저기까지만 돌아볼까. 스플래시 당구장까지만.

투두둑　　번쩍　　　　우르르…

툭　토독　　우두두두두

퐁 당퐁 당 퐁당　　꿀렁꿀렁꿀렁덜컹덜컹덜

아니, 진짜 이상하네. 안경집까지만… 이게 안 될 리가 없는데. 희랑은 푹 젖은 얼굴로 부정했다. 신발 가게까지만 가보고 진짜 안 그치면 택시 어플을…

쏴아아아아아아아아아아아아아아아아우르르르르릉쾅아아아아아아
쏴아아아끼이이이이이익아아아아아아아아아아아아아아아아아아아
쏴아아아아아아아아아아아아아아아저씨차빼라고내말안들려아아아

'조졌다!'

희랑은 가방을 머리 위에 얹고 뛰다가 새된 비명을 질렀다. 할부 안 끝난 아이패드가 그 안에 있었다. 희랑은 코트 가슴팍을 열어 가방을 감추었다. 물웅덩이 사이를 요령 없이 달리자, 흙탕물이 왕관 모양으로 높이 튀었다. 희랑의 베이지색 코트가 그러데이션으로 물들었다.

희랑이 일주일 전 대관해 둔 외부 회의실. 성인용품 스타트업 코브라비커밍드래곤(CBD)의 아침 회의가 한창이다. 원형 테이블을 중심으로 왼쪽에는 CBD의 두 명뿐인 상사 수잔과 니키가, 오

른쪽에는 외부 디자이너 A씨와 E씨가 앉아 있다. 앞쪽의 이동형 스크린에는 CBD의 신년 프레젠테이션이 비친다. 정중앙에서 스크린을 마주 보고 앉은 희랑, 테이블 위에 물을 뚝뚝 흘린다.

수잔 (A를 정중히 가리키며) 이쪽은 남성향 야애니 피규어 제작으로 유명한 하론사의… A상, 이번에 우리 청룡 딜도 합작에 많은 도움 주시기로 했어.

A Рада познакомиться.

희랑 이게 어느 나라 말인데요?

니키 러시아어. 반갑다는 뜻.

희랑 아니, 좀 전에 일본 회사라며… 야애니가 뭐라고요? 피규어요? 청룡, 청룡으로 딜도를 만든다고요? 청룡 대가리가… 딜도라고요?

수잔, E와 웃으며 악수한다. 스크린에는 다음과 같은 PPT가 떠 있다.

CBD 갑진년 특별기획 신제품

청룡 상반신 딜도 : 드래곤 쏘울 (35cm)
머리, 눈, 어금니, 수염, 지느러미, 비늘 구현

니키　Спасибо, что были с нами до сих пор. Этого недостаточно. Я искренне с нетерпением жду нашего сотрудничества.

희랑　언니는 왜 갑자기 러시아어를 하시는 거예요. 작년에 블라디보스토크서 말을 못 해서 보드카만 퍼마셨다면서요.

수잔　지난달 출시된 플로리아 각성 버전 피규어, 인상 깊게 보았습니다. 플로리아의 16겹 치맛단처럼, 겹겹이 싸인 용의 비늘과 지느러미가 바깥으로 뻗친 파인애플 돌기 질감으로 표현되었으면 합니다. 질구에 톡톡 걸리는 삽입 자극의 짜릿함이 새롭게 다가올 겁니다. 뭐랄까요. 마치 귀두가 연속해서 160개 존재하는 남근의 느낌? 그런 느낌?

니키, 잠시 주저하더니 러시아어 사전에 '남근'을 검색한다. E, 브이 자로 만든 손가락을 턱 아래에 대고 제법이라는 듯 고개를 끄덕인다.

E　Это замечательно — больше, чем вы ожидаете.

니키　훌륭하대. 기대 이상이래.

희랑　뭔 소리냐고. 여성 신체의 안전함이 최우선이라며. 노골적인 성기 모양을 탈피하고 인식을 바꾸는 아름다운 오브제를 만들자며. 다 찢긴다니까. 지금 이거 하나도 안 아름답다니까?

별안간 감동을 금치 못해 의자를 박차고 기립박수 치는 A. 니키, 옆에서 따라한다. 수잔은 살짝 뒤돌아 희랑의 후드 끈으로 눈물을 찍는다. 모두 벅차오른 표정.

E　Давайте постараемся избавиться от достоинства дракона в генита лиях женщин по всему миру! Оргазм!

니키　전 세계 여성의 생식기에 용의 위엄을 떨칠 수 있도록 힘내 봅시다! 오르가즘!

수잔　오르가즘!

희랑은 하나도 안 벅찼다. 짬지에 청룡을 대체 왜 넣어야 하는 건데. 한껏 당긴 후드 끈에 희랑의 목이 졸려 왔다. 염병할 PPT의 청룡 대가리 픽토그램과 기립박수 소리가 한없이 웅장해졌다.

용. 용이란 뭘까. 용이 뭐길래 사람들이 다 이렇게 미쳐 버렸단 말인가? 이왕 미칠 거면 나도 같이 미쳤으면 하는데 왜 나만 맨정신이라는 말인가. 내가 사람이 바퀴벌레로 변해 등딱지에 사과 맞고 죽는 소설의 주인공이 되었다고 가정해 보자. 당연히 혼자 바퀴벌레가 되는 것을 택하지, 나만 빼고 세상 모두가 바퀴벌레가 되는 쪽을 택하지는 않을 것이다. 대관 시간이 10분 남은 건물주의 회의실에서 캐주얼한 미팅 룩을 차려입은 바퀴 둘과 정장을 차려입은 바퀴 둘이 끊임없이 박수를 치고 있었다. 희랑 혼자만 사람이었다. 스크린을 멍하니 보고 있자니 청룡 대가리가 얼굴을 향해 다가오는 듯한 착시가 일었다. 청룡이 뭐지. 청룡이 뭔데? 청룡을 아십니까? 내가 아는 청룡이라함은….

어릴 적 옛집에 살던 기억은 얼마 없었다.

글자 조각이 뒤섞여 박힌 한글 공부 퍼즐 매트. 어린이가 뛰어놀아 등받이가 푹 내려앉은 소가죽 소파. 유리 찬장에 놓인 미니 관우상과 판다가 그려진 플라스틱 병풍 모형.

그리고 소파 위쪽 벽을 통째로 차지한 청룡언월도.

어렸을 때는 이름도 몰랐고 가짜인 줄 알았지만 훗날 아빠는 그게 진짜였다며 가슴을 퍽퍽 치고 고량주를 마셨다. 할머니도 옆에서 거들며 눈치를 줬다. 가문의 역사와 전통에 깊게 관련된 유물이라나. 희랑이 여섯 살이었을 때 그걸 팔아 버린 엄마만 턱을 치켜들고 팔짱을 끼고 있었다. 난 잘못한 거 없다. 그런 꿋꿋한 얼굴이었다.

희랑과 지민의 집은 아빠가 중국인이고 엄마가 한국인인 다문화 가정이었다. 청룡언월도가 남아 있던 건 아직 희랑의 언니, 지민이 본집에서 함께 살던 때다. 지민은 학창 시절 어디서나 짱깨 소리를 들으며 놀림을 당했다. 유치원 시절에 실수로 집에서 생일파티를 한 번 한 이후였다. 아무리 희랑의 가족이 입을 다물어도, 아빠의 한국어 사용이 유창해도, 생김새로 분간이 안 되어도 소용없었다. 주홍글씨처럼 따라붙는 구설수, 동급생들의 가십, 교사들의 티타임 안주. 실수라 할

일도 전혀 아니었지만, 지민의 학교생활이 꼬여갈수록 부모는 자신들의 실수라 확신하게 되었고 뼈저리게 후회했다. 딸이 좋아하는 친구들을 초대해 남부럽지 않게 생일을 축하해주려 했던 그날은 씻을 수 없는 과실로 남았다.

전학도 해결책이 되진 못했다. 아이들의 입을 통해 새어나간 이야기는 다시 엄마들의 연락망 내에서 돌고 돌았고 그날 저녁 식탁에서 또 다른 아이들에게로 전달되었다. 언어 습관이 개떡 같은 학부모 한둘만 있어도 다음 날 아침이면 그새 지민의 유치원, 초중학교에서 '짱깨, 관지민 짱깨'가 울려 퍼지는 것이다.

지민은 그냥 입을 다물고 버텼다. 스스로 자기는 그다지 눈물도 없는 성격이고 별로 힘들지도 않고 의무교육을 졸업하면 다 끝날 일이라며 덤덤하게 굴었지만 지켜보던 부모가 모를 리 없었다. 억지로 버티는 것임을 서너 살 먹은 희랑도 알았으니까. 지민은 어떤 친구도 집에 데려오지 못했다. 쉬쉬해도 이 정도인데 청룡언월도와 관우상 같은 게 있는 집을 아이들이 직접 보기라도 하면 어쩌나 싶었다. 비밀을 만든다며 절교하자는 단짝도 붙잡지 못하고 애써 냉담하게 귀갓길을 걸었다. 지민은 목 안에 돌을 삼킨 듯한 청소년으로, 수시로 어금니를 악물어 각진 턱을 가진 여자아이로 자랐다. 희랑은 사춘기의 언니를 기억하면 얼굴 테가 잘 보이지 않을 정도로 길게 기른 까만 머리부터 떠올랐다.

지민이 사립 명문고에 진학했을 때였다. 엄마는 지민을 명문고에 보내면 교사와 아이들의 지적 수준이 높아 이전과 같은 일이 일어나지 않을 거라고 믿었지만 꼭 그렇지만도 않았다. 특히 지민이 입학했을 때 담임을 맡았던 신임 남교사는 상태가 심각했다. 학기 초 학생 상담을 마쳐 자신의 학급에 다문화 가정 자녀가 있음을 인지하고서도 습관적으로 비하 발언을 일삼았으며 수업 시간에 "중놈들이 우리나라 사업에 끼어들어 좋은 꿀을 못봤다." 같은 말을 버젓이 하고는 지민과 눈 마주치면 실수라면서 호쾌한 척 웃었다.

딱 하나 다행인 것은 그가 한국사를 가르친다는 명목으로 아무 나라나 비난하면서 우월감을 찾는 압도적 쓰레기라는 점이었다. 대부분 학생과 교사도 이를 알고 있었으므로 동조하기보다는 반면교사 삼아 태도를 조심하는 데에 이르렀다. 그러나 그뿐이었다. 지속적인 망발과 교사로서 해서는 안 될 언행에도 그가 교직을 그만두는 일은 없었다. 그가 이사장의 조카였기 때문이다.

그날은 학교 급식에 짜장면이 나왔다. 지민의 담임은 자리에 앉으면서 "짱깨 좀 먹어 볼까."라고 콧노래를 불렀다. 옆으로 늘어진 학생 줄에 지민이 서 있는 걸 보고서 한 소리였다. 아참. 짱깨 먹기 전에는 손을 깨끗이 씻어야지. 사태는 그때 벌어졌다. 온 사방에 손 씻은 물을 튕기며 걸어오던 담임의 얼굴이 붉으락푸르락 태극 빛으로 물들었다.

지민은 담임의 식판에 담긴 짜장면 위로 침을 뱉고 있었다. '카악 퉤!' 하는 상스러운 소리도 없이. 고상하게 뒤로 머리를 모아 쥐고 온 입안의 침을 그러모아 묵직하게 떨구었다. 그리고는 젓가락으로 친절하게 비벼 주었다. 지민은 '야야' 하고 어깨를 붙들어 오는 주변의 손들을 악착같이 밀어내고 떨쳤다. 담임은 급식실 바닥이 부서져라 지민에게 걸어왔다. 지민은 멱살이 잡혀 달려 올라가면서도 젓가락질을 멈추지 않았다.

"야이씨, 뭐 하는 거야. 그만 안 해? 다 보잖아!"

두꺼운 우동 면과 가볍게 데운 짜장 소스와 '짱깨산' 아밀라아제가 고루 섞이도록 휘저었다.

"그만하라고 씨바알, 돌았나 이년이, 내 말 안 들려?"

지민은 면의 흰 부분이 보이지 않을 때까지 비볐다.

"맛있게 잘 드세요, 짱깨."

한마디 말에 이성을 잃은 담임은 지민의 발치에 식판을 내동댕이쳤다. 나뒹구는 소리가 요란했다.

지민은 퇴학을 당했다. 담임은 여전히 그 학교에 있었고 지민의 부모에게 소송을 걸겠다고 난리였다. 엄마는 더 이상 참지 않았다. 워낙에 모든 걸 참으려다 큰 탈이 나버린 첫째 딸 대신 조치를 한 것이다. 지민을 충칭에 있는 국제학교로 보냈고 담임을 찾아가 이렇게 말했다.

"난 내 인생 다 살았고 앞으로 선생님하고 갈 데까지 가도 상관없습니다. 선생님이 우리 애들 앞길 막으려고 생쇼를 하면요, 난 애 아빠랑 이혼해서라도 나랑 상관없는 애들로 만들 거예요. 그때부터 나는 아무 이유 없이 그냥 선생님 죽으라고 괴롭히는 미친 여자가 되는 거예요. 그리고요. 나는 한국인이거든요. 한국인이 난세에 몰리면은 얼마나 악착같고 끔찍한 인간이 되는지 샘이 잘 아시지요? 국사 가르치신담서."

엄마는 집에 있는 청룡언월도와 온갖 물건을 다 중고장터에 팔아버렸다. 희랑을 유치원에 보내 놓고, 절대 안 된다고 소리치는 아빠와 대판 싸우면서 대리석으로 된 관우상을 두동강 냈다. 누가 뭐래도 우리 애들보다 중요한 건 없다고, 안 팔겠다면 여기서 전부 부수는 꼴을 보여주겠다는 엄포에 아빠가 항복했고 이사 간 집에서는 예전의 인테리어를 볼 수 없게 됐다. 마지막으로 희랑의 성을 엄마의 것으로 바꿨다. 특이해 보이지 않도록. 다시는 지민이 자랄 때의 아픔이 반복되지 않도록. 이것이 희랑은 우희랑이고 지민은 관지민인 이유였다.

이후로, 비밀일 필요 없는 비밀들은 더 철저하게 지켜졌다. 지민은 국제학교를 졸업한 후에도 한국에 오지 않았다. 충칭에서 대학을 나고 일자리를 얻었다. 초췌한 얼굴로 교복을 버리던 언니의 모습이 마지막이 될 줄은 희랑도 몰랐다.

희랑은 가능하면 뭐든지 단순하게 생각하면서 사는 게 좋다고 여겼지만 언니에 관해서는 한없이 복잡해졌다. 언니가 겪었던 일들을 나는 정말 안 겪어도 되는 걸까. 그럼 언니는 내가 밉지 않을까. 아무리 매일 날씨를 챙겨 주고 좋게 말해도, 사실은 내가 단지 동생이라서 의무감에 하는 행동은 아닐까. 언니가 충칭에 가서 오지 않는 건 내 얼굴을 보면 싫어서 그런 게 아닐까.

한편으로는 솔직히 다행이라고 생각했다. 언니를 그리워하다가도 언니의 고난들을 똑같이 당하는 상상을 하면 몸이 뻣뻣하게 굳어 버렸다. 아무리 봐도 난 그렇게 견딜 수 없는 사람인데. 그게 자책이 되었다. 부채감을 만들었다. 정말로 언니의 덕만 보고 살아가도 되는 걸까. 내가 해줄 수 있는 건 없을까? 그냥 건강하게 자라기나 행복하게 살기, 이런 거 말고. 언니는 왜 한국에 오지 않아서 내가 언니를 도울 수도 없게 만들까….

젖병에 쓰이는 소재와 같은 실리콘으로 특수 제작된 '드래곤 쏘울'은 35센티미터의 국내 압도적인 총장을 자랑합니다. 겹겹이 싸인 반투명 블루 컬러의 S자 보디를 통해 은밀한 내부를 탐험하고, 진정한 판타지에 도달해 보세요.
청룡의 섬세한 어금니와 앞니로 탁월한 흡입, 릭킹 효과를 느낄 수 있으며 |

'뭘 적고 있는 건지 나도 모르겠다.'

코브라비커밍드래곤, CBD는 단 세 명의 사원으로 구성된 스타트업이었다. 실세 수잔, 백업 니키, 그리고 개막내 희랑. 이 셋은 대학 중앙극회의 헬퍼로 만나 성인용품 장사를 하게 되었다. 연극을 하면 세상에 존재하는 모든 일을 할 수 있게 된다는 우스개는 호락호락하게 볼 것이 아니었다.

특히 수잔과 니키는 모두 네 살 터울의 언니들인데 이들은 옛날에 사귀는 사이였으며 현재는 같이 딜도를 팔고 있다. 등 뒤에서 두런두런 담소가 들렸다. 저녁 뭐 먹을래? 만두? 싫어. 입에서 쓰레기 냄새 나. 희랑은 언니들을 돌아보았다가 행여 시선이 마주칠까 다시 태블릿 PC로 눈을 돌렸다. 35센티미터? 아무리 한국 남자에게서 볼 수 없는 길이를 판타지로써 찾는다고 해도 괜찮을까? 평균 수치가 수치인지라 '작은 것이 부담도 없고 좋다'고 말해주는 게 미덕인 나라에서 상업적으로 먹힐까? 저 사람들은 30센티미터 자로 손바닥도 안 맞아봤나. 모두 교내 체벌 시대의 산증인이면서 왜 이래.

희랑은 사실 성인용품에 아무런 관심도 없었다. '에이, 그래도. 조금이나마 흥미가 있으니까 같이 일을 하겠지.' 하는 생각은 희랑에게 적용되지 않는 말이다. 광고홍보를 전공한 희랑은 50군데 신입 채용에서 광탈 당하고 정신이 나가 있었다. 수잔은 종이 빨대로 글씨를 쓰고 있는 희랑에게 접근했다. 어느새 정신을 차려 보니 웹디자인 마케팅 반년 차 경력이 쌓여 있었다. 희랑은 입으로는 싫다고 하면서 몸으로는 착실히 페니반* 착용법을 익히고 흡착돌기의 10단계 전율에 대해 공부하다가 이제는 별로 싫다는 감각도 느끼지 못

* 딜도 부착을 위해 허리에 착용하는 스트랩.

했다. 때때로 불상 같은 미소를 지으며 고마워했다. 누가 자소서도 포트폴리오도 안 받고 생 신입을 고용해 수습도 없이 경력을 쌓아 준단 말인가. 경력직 우선 사회란 이렇게 무섭구나. 사람을 콘돔과 애널 플러그가 난무하는 테이블 위에서 만두를 먹게 만든다. 정말로 제법 아무렇지 않아져 가는 나날들이었다.

수잔　그때 내가 클럽에서 술 마시고 있는데, 물론 당연히 레즈 클럽이었지. 뭔 노래가 나왔는지 알아? 야. 지코의 <유레카>가 나오는 거야. 여기 그 누구도 바지 속에 느낌표가 없는데.

니키　(흥얼거린다)

입을 퍽 소리 나게 틀어막는 희랑. 하마터면 따라 부를 뻔한다. 한쪽 다리를 의자에 올리고 리듬에 따라 그루브를 타는 니키.

니키　희랑. 저거 탈형 좀 해라.

벽에 붙은 긴 사이드 데스크 위에 '드래곤 쏘울'의 시제품 모형이 굳어간다. 그 옆의 와이너리 냉장고를 가리키는 니키. 희랑이 문을 열어보면 주먹보다 작은 크기의 동그란 얼음 틀 십수 개가 반듯하게 진열되어 있다.

니키 (시계를 보고) 아니다. 그냥 손가락 넣어서 만져만 봐. 얼마나 굳었나.

희랑 이게 뭔데요?

니키 알.

희랑 예?

수잔 이번에 CBD 1주년 기념으로 오비포지터 만들기로 했거든. 일단 우수 고객 한정으로 열 개만.

희랑 오비포지터가 뭔데요?

니키 딜도에서 알 나오는 거.

희랑 알이 왜 나오는데…?

니키 청룡이잖아.

수잔 근데 여의주로 할지 알로 할지 고민이다. 둘 다 할까?

니키 손 너무 오래 넣고 있지 마. 체온에 녹거든.

희랑은 세면대에서 손을 벅벅 씻으며 얼이 빠져 있었다. 희랑의 전매특허는 뭐든지 '그럴 수도 있지'라고 생각하는 거였지만 지금은 쉽지 않았다. 희랑은 수잔과 니키에 대해 평소 이렇게 생각했다. 제정신이 아닌 언니들이지만 밖에서 보면 멀쩡한 보통 사람. 아니, 도덕적으로 문제도 없고 희랑보다 몇 배는 똑 부러진 사회인이며 사업가들이다. 그런데 언제부터 저리되었나? 무엇이 그들을 돈과 청룡 컨셉에 미치게 만들었는가.

수잔의 본명은 신수진으로 독실한 가톨릭 집안에서 태어나 일평생 레즈비언으로 살았다. 수잔은 한 번도 숨은 적 없었다. 미사도 빠져 보고 모히칸도 해 보고 부모님이 보는 앞에서 여자 친구와 키스도 했지만 여전히 수잔의 부모는 딸의 사춘기가 좀 길 뿐이라고 생각했다. 마침내 딜도를 팔면서도 수잔은 안심하라는 듯 엄지를 들어 보였다. 괜찮아. 우리 집은 내가 딜도 머리띠 차고 무지개용 드레스 입고 〈Born This Way〉 불러도 요즘 수진이가 좀 갑갑한가보다 할 걸.

수잔은 사랑했던 모든 여자를 남자에게 빼앗겼다. 중학생의 전 재산을 털어 바쳤던 여자 아이돌은 혼전임신과 결혼으로 그룹을 탈퇴했고 십 년간 짝사랑한 여사친에게 고백했을 때는 이런 말을 들었다. 수진아. 난 솔직히 너를 정말 좋아하고 모든 면에서 남자애들보다 낫다고 생각해. 너한테 심쿵한 적도 있어. 하지만 수진아. 넌 여자잖아. 나도 여자고. 여자가 여자랑 사귈 수 있는 건지 난 설명을 들어봐도 잘 모르겠어. 결혼도 못 할 거고 애도… 수잔은 아스팔트 바닥에 무릎을 갈면서 울어젖혔다.

내가 부족한 게 뭔데. 내가 그 새끼들보다 못한 게 뭐냐고. 학위가 딸려, 얼굴이 딸려… 키도 내가 더 커. 내가 성준이, 민식이, 경호보다 여자를 더 사랑해. 좆만한 것들이 좆 있으면 다니? 내가 뭐가 없니. 좆이 없어 그러니? 그렇구나. 난 모든 걸 다 가졌으나 좆만을 갖지 못하였다. 그리고 수잔은 모든 여자로 하여금 남자가 필요 없게 만들겠다는 생각에 사로잡혀 버렸다. 그게 신소재공학을 배우고 영국으로 유학 가게 되어 있던 수잔이 성인용품을 만들게 된 계기다.

✳

니키에 대해서라면 희랑은 더욱 아는 게 없었다. 본명도 몰랐다. 아는 건 대학교 총장 손녀라는 것과 밥은 사 주지만 술은 안 사 준다는 것, 그리고 돌체 앤 가바나 운동화를 신는다는 거였다. 아, 여자를 꼬시려고 시가를 피우다가 천식이 도져 응급실에 실려 갔다는 것도. 그게 수잔과 니키의 첫 만남이었다. 둘은 기름에 불붙듯이 사귀었지만 또 금방 헤어졌다. 수잔이 니키를 보면 애틋한 마음이 들어야 하는데 자꾸 프롤레타리아 레볼루션을 하고 싶었기 때문이다. 학창 시절 노래패, 몸짓패 출신이었던 수잔은 정열의 세레나데를 불러 주려다가도 민중의 노래가 흘러나오는 입을 틀어막을 수 없었다. 이별 후 수잔이 창립에 열을 올리고 있을 때 니키가 찾아와 금전 지원과 동업을 제안했다.

"얘. 너 내가 그런 거에 흔들릴 사람으로 보이니?"

"어. 나 지금 〈친구라도 될 걸 그랬어〉를 돈으로 사고 있는 중."

수잔은 디스코 팡팡 위의 면봉 무더기처럼 무너져 내렸고 그렇게 둘은 동업자가 되었다.

수잔과 니키, 마작 테이블을 펼쳐 마작을 두기 시작한다.

수잔 희랑아. 이따가 밥 먹고 오비포지터 설명서도 쓰자.

희랑 써 본 적도 없는데 제가 어떻게….

니키 그럼 써 보고 올래?

희랑 우주여행을 하지 않고도 우주에 대해 써야 진정한 소설가라고 할 수 있죠. 다녀오겠습니다. 저만의 우주로.

희랑 퇴장. 사무실 창밖으로 비가 내린다. 마작 두는 소리도 다각다각 울린다.

'진짜 청룡'인 진청룡은 최근 몇 주간 시름시름 앓고 있었다. 두통에 좋다는 갈근탕을 몇 대접이나 마셔도 후계 논쟁이 시작되면 도루묵이었다.

믿거나 말거나, 이 세상에는 날씨를 관장하고

상제를 보필하는 청룡이라는 생물이 실제로 있었는데 고도로 발전해 버린 현대인들은 잘 믿지 않았다. 고대에나 청룡의 후계자가 되겠다는 '청룡기'*를 가진 인간들이 넘쳐났다. 요즘은 인공위성으로 날씨를 조작할 수 있지 않나며 떠들어 대는 시대. 게다가 숏폼이 유행인 시대다. 지금 한국에 어느 누가 청룡에 오르기까지의 엄청난 수련을 감당하려 한단 말인가.

때문에 진작 청룡이 된 자들이 시기를 교차해 가며 청룡 업무를 떠맡고 있었다. 그중에서도 진 청룡은 이미 임기를 만기로 채우고도 남은 최고참 늙은이였다. 영험한 청년 신의 껍데기를 쓰고는 있다지만 이제는 비늘 사이사이가 쑤셨다. 누가 역린이라도 콱 찔러서 죽여 줬으면 했다. 도의적으로 올해에는 정말 영구 안식년을 주어야 한다는 회의 끝에 장로들이 그를 환생시키기로 했으나 후임을 정하지 못해 여태 늘어진 것이었다.

"누구라도 청룡이 되어 주겠다 하면 넙죽 엎드려야 하는 판국에… 아직도 남자 후계를 찾고

* 청룡이 될 수 있는 기운.

있단 말이냐."

예이. 어처구니[*] 사화상[**]이 아뢰자 진청룡이 긴 한숨을 쉬었다. 청룡이 쉰 한숨에 구름이 두 갈래로 쫙 갈렸다. 진청룡은 근심스러운 얼굴로 지상을 내려다보았다. 청룡기를 가진 인간들은 푸른빛을 띠고 지상에서 반딧불처럼 빛났지만 '남자' 필터를 씌우자 단 하나의 불빛도 보이지 않았다. 진정으로 남자 청룡 후계의 씨가 마른 형국이었다. 그러나 장로들은 진청룡의 말을 들을 생각도 없이 밤낮으로 탁상공론만 했다.

진청룡은 이제 모든 의욕을 잃은 상태였다.

"몰라. 그냥 다 알아서들 해. 후계든 뭐든 하고 싶으신 대로들 하고 내 말은 저기 뭐 길거리에 굴러다니는 여의주 취급이나 하든지. 물러나는 판에 상제가 뒤집어지든 하늘이 쪼갈나든 난 모르겠다."

"청룡님, 환생은 어떻게 시켜드릴깝쇼?"

"그것도 알아서 해라. 대충 비슷하게 생긴 걸

---

* 원래는 처마 위에 달린 토우를 뜻하는 말. 죄를 짓고 인간의 집을 지키게 되었으나 일손이 부족해지면서 종종 하늘로 올라와 사방신을 보필하게 되었다.

** 상제가 아끼는 연못의 물고기를 죽여 벌을 받았던 어처구니. 갱생 후 청룡을 전담 보필한다.

로 환생시켜 줘. 지렁이여도 괜찮아. 열차도 나쁘지 않고. 그냥 좀 버러지처럼 살고 싶어. 영험하고 대단하고 이런 거 다 때려치우고 싶어."

"예이. 그러면은 유예로다가 먼저 내려 보내드리겠습니다요. 상제님이 청룡님껜 특권으로 그리 해드리랍니다."

"으응. 알아서 해. 청룡 후계 따위 이어지든 말든. 나는 나는 갈 테야."

청룡, 눈을 뜬다.

온통 파란색으로 굴절되어 보이는 세상. 방도 네모, 물건들도 모두 네모 모양이다. 네모난 상자들이 가득 쌓여 있다. 올록볼록한 판 위에 구형의 물체들이 줄지어 있다. 고개를 숙이고 이마 앞에 손깍지를 낀 여자가 중얼거린다.

희랑　　녹는다… 안 녹는다….

희랑　　넣는다… 안 넣는다….

희랑 박는다… 안 박는다….

눈빛이 혼탁한 게, 안타깝게도 여자는 살짝 미친 듯했다. 예전에 수망귀*에게 가족을 잃은 이들이나 간밤에 옆에 누워 자던 친우가 나찰귀**에게 당한 사람처럼 혼잣말을 끊임없이 해댔다.

"오비포지터 써 보기 브이에스 박혁거세 부인 되기."

"미쳤나. 당연히 박혁거세 부인이지. 네이버에 검색해 봐야겠다. 박혁거세 부인 되는 법. 박혁거세 아버님 부인도 괜찮을 듯요."

무엇보다 청룡은 상황 파악이 잘 되지 않았다. 최고참의 연식이었지만 나름대로 인간 세계 탐방을 게을리하지 않아 스스로 적응도가 높다고 자부하고 있었거늘. 이 이상하게 생긴 조형물들은 당최 무엇인지. 청룡은 빼근한 어깨를 비틀어 보

* 수망초로 차와 떡을 만들어 다른 인간에게 먹여야 몸이 썩어 들어가는 저주에서 벗어날 수 있다. 다단계 같은 시스템.

** 자는 사람의 발에 바늘을 찔러 혼을 빼가는 귀신.

다가 몸을 편히 움직일 수도 없음을 깨달았다. 사화상 이놈, 날 뭘로 만든 거냐? 옆에서는 웬 젊은 여자가 강시처럼 굳은 채로 '그어어어'하고 울고 있었다.

'예가 대관절 어디란 말이냐…?'

희랑은 삼단 팸플릿을 접겠다는 핑계로 비품실에 도망 와 있었다. 수잔은 마침 잘 됐다며 와이너리 냉장고를 통째로 옮겨 와 포장지 위에 스티커를 붙여 달라고 했다. 그러고는 니키와 함께 지하실 빗물을 퍼내러 가 버렸다. 역대급 강우량에 비가 들어차고 있다나. 희랑은 그냥 팸플릿도 접고 '알'에 스티커도 붙여야 하는 사람이 되었다.

악천후에도 한국의 배송 시스템이란 얼마나 대단한지. 희랑은 좀 전에 시제품으로 제작되어 배송 온 오비포지터를 애처로운 눈빛으로 보았다. 첨예하게 조형된 용 비늘 사이로 근육이 울룩불룩 돋아난 그것의 끝에는 용머리가 입을 벌리고 하늘로 솟구쳐 있었다. 이 모델은 특히나 큰 65센티미터 버전으로 체험단을 신청한 이들에게 보낼 거라고 했다. 선물이라기에는 너무 거대하고 흉물스러웠다. 누가 이런 것을… 거기에 넣고 싶어 할까? 하지만 정상성을 따지는 건 이제 와 무의미했다. 희랑은 여의주 버전의 알 하나를 집어, 용의 주둥이에 살포시 물려 보았다. 크기가 딱 맞았다. 희랑은 '엉엉' 소리 내서 울고 싶었다.

비품실 바깥으로 트럭이 지나간다.

과일 장수 용과, 드래곤 후르츠 팝니다. 갑진년이 밝았습니다. 용과, 드래곤 후르츠 팝니다. 싱싱하고 아삭한 용과. 화이트 용과. 레드 용과 있습니다. 용과. 드래곤 후르츠.

비품실 바깥으로 트럭이 또 지나간다.

유세단 용만 보인단 말이야…. 용 사랑한단 말이야…. 눈을 감아도 용만 보인단 말야….

희랑은 더 이상 언니들을 탓하지 않기로 했다. 언니들은 지극히 정상이었다. 왜냐하면 이미 이 세상은 희랑만 빼고 바퀴벌레로 가득 차 버렸기 때문이다. 이제는 용을 찬양하지 않으면 안 되는 시대였다. 희랑이 한 시간째 반복해서 접고 있는 팸플릿에는 이렇게 적혀 있었다.

使龍설명서 : 당신의 "용"을 … 해방하라!!

'나부터 해방시켜 주었으면….'

희랑의 입에서 '악'하는 소리가 터져 나왔다. 기계적으로 팸플릿을 밀다가 손가락을 길게 베인 것이었다. 팔 끝까지 찌릿한 감각이 전해졌다. 급히 손을 떼고 일어서자 둥근 테이블 위에 놓여 있던 물건들이 모조리 바닥으로 떨어졌다. 딜도가 소파 밑으로 굴러 들어가고 달걀판 위에 모여 있던 젤라틴 알과 여의주들은 탱탱볼처럼 튀어 사방으로 흩어졌다.

"환장하겠네!"

희랑은 바닥을 기어다니며 알들을 줍기 시작했다. 그때 소파 아래서 목소리가 들려왔다.

"이보게…."

희랑은 잠시 주춤했다. 하지만 이내 어색하게 웃고 다시 알을 주웠다. 이제는 하다 하다 사람이 없는데도 바퀴벌레 소리가 들렸다.

"게 누구 없느냐? 아까 있었는데 분명히."

희랑이 그대로 굳었다. 목소리는 소파 아래서 들려왔다. 삐걱대는 동작으로 몸을 숙이자 앞으로 당겨 오목하게 만들었던 아노락 점퍼에서 알들이 도로 굴러떨어졌다. 희랑은 소파 아래서 움찔거리는 것을 보고 피 묻은 손으로 입을 틀어막았다.

희랑은 보고 말았다. 딜도가 말을 건다. 그냥 말을 거는 것도 아니라 주둥이를 삐끔대고 몸통을 꿈틀거리면서. 어찌나 움직임이 역동적인지 어두운 소파 밑에서도 단번에 사리 분별이 가능했다. 희랑은 재빨리 몸을 일으켜 현실을 부정하고 싶었다.

"낭자. 낭자? 내 말 좀 들어보게."

별 소용이 없었다. 청룡 대가리 덜도는 이제 희랑을 낭자라고 부르기 시작했다.

"날 좀 여기서 꺼내 다오. 너무 어둡구나. 미끌미끌하고 축축해."

희랑은 현기증이 나서 힘없이 소파 위로 쓰러졌다. 나는 저것을 누군가의 짬지에 넣은 적도 없는데 왜 이런 말이 들려온단 말인가. 그때 희랑을 구원한 것은 수잔이었다. 희랑아! 청룡 대가리 택배 좀 부쳐라!

"예!"

희랑은 우렁차게 대답하며 자리를 박차고 뛰쳐나갔다.

"퀵이요."

택배원은 바로 손에 물건이 들리지 않자 인상을 찌푸렸다.

"미리 좀 준비해 주시지."

"죄송해요. 얼른 드릴게요."

희랑은 눈을 꽉 감고 소파 아래로 손을 넣어 말하는 오비포지터를 꺼냈다. 무슨 목소리를 들을 새도 없이 포장재를 미친 듯이 감았다. 언뜻

'우욱'하는 소리가 들린 것도 같았다. 희랑은 전에 없던 속도로 알과 여의주, 청룡 대가리 덮도 포장을 마친 후 박스테이프를 삼단으로 붙여 택배원에게 넘겼다. 안에서 자꾸 청룡 대가리가 덜컹이는 듯했다. 희랑은 일부러 더 큰 소리로 주문 정보를 읊었다.

"강남구 테헤란로 삼천육백사십오길이요. 네네네. 주문자 김은애 씨 맞아요. 네네."

"안에 든 거 뭐예요?"

"생, 생활용품이요."

"뭐 움직이고 깨지고 그런 거 없죠?"

"없어요!"

오토바이 떠나는 소리가 들리자, 희랑은 흥건하게 맺힌 식은땀을 닦았다. 입술에서 쓴 피 맛이 느껴졌다.

"낭자. 제발 내 말 좀 들어 주시오."

"말 걸지 마! 제발! 말 걸지 마세요!"

희랑은 머리를 싸매고 그 자리에 주저앉았다. 방금 말하는 청룡 대가리를 떠나보냈으나 이젠 눈앞의 '알'에서 목소리가 들려왔다. 왜. 도대체 왜! 희랑의 파라솟 스커트를 따라 비품실의 먼지가 풀썩 떠올랐다가 가라앉았다.

"…해서 여차저차 이렇게 된 것이니라. 다 내 실수다. 내가 실언을 했어. 장난치고 싶어 환장한 사화상을 곁에 두고 '아무거나' 같은 말을 해서는 안 되는 거였는데."

희랑은 달걀판 위에 놓인 말하는 젤라틴 알을 내려다보며 생각했다. 희한하네. 나 원래 이렇게 꿈도 희망도 없는 사람이 아닌데. 니키 언니 왈 긍정적이고 일머리 좋고 빠릿빠릿 뭐든 잘 해치우는 막내 캐릭터라고 그랬는데. 세상의 멸망이라는 건 딱히 운석이 떨어지고 빙하가 녹고 불구덩이 지옥이 되지 않아도 겪을 수 있는 거구나. 지금 내 심정이 그렇다.

"좀 전에는 딜… 청룡 대가리에 있었잖아요."

"나도 신기하구나. 마치 그 대가리와 이 알들이 연결되어있는 듯 정신만은 옮겨 다닐 수가 있었다. 운이 좋았지. 헌데 넌 날 어디로 보내버리려 한 것이냐?"

연결되어 있다는 말이 딱히 틀린 말도 아니었다. 둘 중 하나가 구성품에서 빠지면 오배송으로 반품 처리가 되는 제품이었으니까. 밖이 왁자지껄하더니 수잔과 니키가 계단을 타고 올라오는 소리가 들렸다. 희랑은 청룡—알의 입을 막고 싶었지만 어디가 입인지 차마 알 수 없었다.

"조용히 말씀하세요. 밖에 다 들리거든요? 월세가 싸서 벽이 얇다고요."

"안 들릴 것이다."

"예?"

"너만 들리는 거라고."

청룡은 아까부터 눈을 깜박이며(보이지 않아도 실제로는 그랬다) 희랑을 흥미롭게 관찰하고 있었다. 희랑에게서 뿜어져 나오는 푸른빛의 아우라를. 희랑의 끝이 오똑한 버선코와 완만한 광대와 속 쌍꺼풀 맺힌 긴 눈을. 청룡은 손뼉을 치고 싶은 기분이었다.

"이리 보니 알겠다. 어렸을 때와 얼굴이 많이 변하지 않았구나. 요즘 아이들은 성형도 많이 한다던데."

“무슨 소리세요, 정말로? 그리고 저 좀 고쳤는데요. 코끝 연골 묶기랑….”

“크흠. 아무튼. 너는 관 씨가 아니냐?”

희랑은 처음으로 멈칫했다. 이걸 맞다고 해야 하나 아니라고 해야 하나.

“옛날에는 그랬죠. …지금은 아니고요. 우 씨예요. 지금은.”

“어쩐지. 청룡기가 미세하게 약하더구만. 어쨌든 너는 청룡의 수호를 받는 관우의 후예이니라. 관우가 청룡언월도를 들고 다녔던 건 알지? 해서 내 목소릴 들을 수 있는 게야.”

관우요? 희랑이 대놓고 미심쩍은 표정을 했다. 이제 보니 세상이 크레이지 청룡 도가니가 되었는데 자신이 대빵 청룡이라고 주장하는 알이 약을 팔지 못할 이유가 없었다. 희랑이 상식을 놓고 생각한 지는 오래되었다. 다만, 청룡이 간과한 것은 요즘 대한의 젊은이들이 ‘나는 하늘을 다스리는 상제를 보필하고 날씨를 관장하는 천신 청룡이니라’ 하면 ‘예이’하고 따르지 않는다는 점이었다. 휴대폰을 들이대며 릴스를 찍지 않아서 다행인 것을 몰랐다. 희랑이 계속 믿지 못하자 청룡은 갑자기 서러워졌다. 나이를 먹을수록 감정 기복이 점점 심해져 안 그래도 고민이었는데 환생한 본체마저 잃어버리고 한낱 물컹이는 알에 갇혀 있으니 마음이 심히 복받쳤다. 그래서 희랑에게 소리 지르고 말았다.

"건방진 놈! 내 은혜를 다 잊었느냐! 내가 너 평생 비 안 맞게 해 줬잖아!"

희랑은 머릿속의 안개가 일순간 걷히는 느낌이었다.

비!

여섯 살 때였다. 희랑은 자신의 '날씨 요정' 능력을 놀이터에서 새로 사귄 친구들에게 자랑하고 싶었다. 단순하고 순수한 호의였다. 비가 오면 친구들이랑 밖에서 못 노는데 자신과 함께 다니면 비 개인 곳만 옮겨 다니며 놀 수 있으니까. 하지만 친구들의 반응은 예상 밖이었다. 폭우 속에서도 희랑이 밟는 자리만 머리 위로 동그랗게 비가 걷히자 다들 무서워했다. 자신들과 다르기 때문이었다.

희랑은 너무 슬퍼서 자기도 비를 맞고 싶어졌다.

조금만 더 빨리 뛰면 손끝에 빗줄기가 닿을 것 같았지만 간발의 차로 비를 맞지 못했다. 희랑은 하루 종일 뛰어다니다가 어딘지 모르는 곳까지 가버렸다. 한 번도 와본 적 없는 옷 가게 앞의 공중전화 부스에서 울면서 지민에게 콜렉트콜을 걸었다. 훌쩍이는 희랑이 뭐라고 하는지 알아듣지 못해 지민은 몇 번 만에 전화를 받았다. 하지만 연락이 분명하게 닿은 후에는 누구보다 빠르게 희랑을 찾아왔다. 나비가 그려진 우산을 들고 걸어오는 지민의 머리 위로 비가 내렸다.

"네가 잘하는 걸 누구에게든 보여주고 싶겠지만, 보여주고 나면 네 것이 아니게 될 수 있어. 세상에는 순수하게 감탄하는 사람보다 시기하는 사람이 더 많거든. …슬픈 일이지. 빼앗기는 이유도 여러 가지야. 좋은 것이 안 좋은 것으로 와전되어 소문이 나거나 스스로 잘하는 걸 그만두기도 해. 다수에 섞이고 싶어서 말이야."

지민은 희랑의 손을 잡고 앉아 희랑의 머리 위로 우산을 드리워 주었다. 우산을 쓰니 희랑의 머리 위에도 비가 왔다. 희랑은 어린 시절 이야기를 읊조리는 지민이 쓸쓸해 보였다. 자신의 나이보다 한참 빨리 자라야 하는 사람들에게서 보이는 고독이었다.

"나도 어렸을 때 방과 후 서예 시간에 한자를 잘 쓴다고 자랑하고 싶었거든. 근데 다 쓰고 나니 애들이 한자를 이상하게 쓴다고 뭐라고 하는 거야. 옆자리 애 걸 보니까 나랑 쓴 글자가 다르더라고. 나는 번체보다 간체를 먼저 배워서 번체를 쓸 줄 몰랐던 거야. 그다음부터 한자 시간만 되면 애들이 날 유심히 봐. 간체를 쓰지 않고 일부러 번체를 쓰면 왜 원래대로 안 하냐고 뭐라고 해. 내 손목을 붙잡고 억지로 붓을 움직여서 획을 바꿔. 그저 하나의 싫어할 이유였던 거야. 싫어할 이유가 없어지니까, 그게 싫었던 거야. …하지만 희랑아. 이건 이상한 것도 아니고 바꿔야 하는 것도 아니야. 내가 남들과 다르다는 건 어떤 부분에 있어서 탁월하다는 거야."

지민은 희랑의 눈가에 말라붙은 소금 자국을 닦아 주었다. 그리고 희랑의 손을 받쳐 우산 끝에서 떨어지는 빗물에 닿게 했다. 처음 닿아본 빗물의 감촉은 다른 물과 크게 다를 것 없었다. 샤워기에서 떨어지는 물과 하늘에서 떨어지는 물은 희랑이 느끼기에 모두 같았다.

"네가 직접 말하고 다니지 않아도 때가 되면 네 재능을 알아보는 사람들이 저절로 곁에 모일 거야."

그러니까 조급해하지 않아도 돼. 희랑은 왠지 그 말을 들었을 때 눈시울이 뜨뜻해지면서 눈물이 날 것 같았다. 요즘도 언니를 생각하면 가장 먼저 떠오르는 기억이었다. 오지 않는 지민을 야속해하면서도 희랑은 지민을 믿었다. 희랑에게 지민은 한 줄기의 기억만으로 막연히 믿을 수 있는 사람이었다. 다만 희랑은 지민에게 철없이 보고 싶다고 말할 수가 없었다. 그건 지민에게 큰 짐을 지우는 일이었다.

"은혜로운 분께 참 죄송한 말씀이지만… 무슨 후계 점지를 어떻게 미루면 세상이 이렇게 난리가 나나요?"

지하실로 내려간 희랑은 문간에 서서 입을 떡

벌렸다. 바지를 허벅지까지 걷어붙인 수잔과 니키가 쓰레받기와 양동이로 물을 퍼내고 있었다. 아침부터 내린 폭우는 지상층에서도 종아리 절반이 잠길 만큼 기세 좋게 이어졌다. 화장실과 하수도가 역류해 온 동네에 오수 냄새가 퍼졌다. 지하 사무실의 상황은 악순환이었다. 물을 퍼서 버릴 데가 없으니 문을 열어야 했고 열린 문으로 다시 빗물이 쏟아져 들어왔다. 수면 위로 사은품 용 비늘 콘돔과 핑거돔이 둥둥 떠다니고 젖은 종이 뭉치가 물미역처럼 몸에 감겨 들러붙었다. 희랑도 군말 없이 스트링으로 치맛단을 조이고 우산꽂이로 물을 퍼냈다. 수잔과 니키, 희랑은 눈이 마주치자 허탈하게 웃었다. 이 난리에도 누구 하나 짜증 내는 사람이 없는 건 연극 때문이었다. 그들은 지은 지 30년이 넘은 지하 극장에서 빗물을 퍼내다 지쳐 계단에 앉아 옷을 다 적시면서 김치찌개를 먹었다. 이 짓을 또 하고 있네. 말하지 않아도 서로 같은 눈빛이었다.

“미안하다 하지 않느냐. 나도 이리 될 줄은 몰랐느니라. 사화상 이놈. 필시 놀고먹고 있으렸다.”

청룡은 어금니를 뿌득 갈면서 다짐했다. 돌아

가면 가만두지 않으리.

"것보다 한시바삐 본체를 찾아야 하는데 말이다. 희랑이 넌 내가 뭘로 환생했는지 아느냐?"

길쭉하고 구부러지고 비늘도 돋은 것이 청룡의 몸과 흡사하긴 했다마는. 희랑은 머쓱하게 입맛을 다셨다. 실은 청룡이 이토록 욕하고 있는 사화상이란 자는 그저 말씀하신 대로 최선을 다해 일을 처리했을 뿐인 부하직원 같았다. 희랑은 두 언니에게 들리지 않게끔 조심스레 속삭였다.

"딜도… 라고요."

"딜도가 무엇이냐?"

희랑은 수잔과 니키가 존경스러워졌다. 희랑이 매번 이렇게 물을 때마다 침착하게 대답해줬다니 그들은 초인이 틀림없었다.

"여성용 자… 위 기구요."

"어허. 요즘에는 그걸 딜도라 부르는구나. 또 하나 배웠다. 헌데 아까 사러 온 자는 남성이 아니었느냐?"

"아니, 근데 사실 꼭 여자만 쓰고 그런 건 아니고요. 뭐라고 해야 하지. 하여간 남자도 써요. 그냥 필요하면 쓰는 거죠. 물건에 여자용 남자용이 꼭 있어야 하는 것도 아니고."

"그걸 남자가 쓴단 말이냐? 얼마나 작으면… 안 되었구나."

"아니, 꼭 그렇게 쓰는 것만은 아니고 뒤로도… 아휴… 하…."

한국에 그런 남자 많아요. 안 바쁠 때 내려와 확인도 해 보고 그러시지. 희랑은 혼신의 힘을 다해 말을 돌렸다. 얼굴이 시뻘게져서 퍼내던 빗물로 세수를 하고 싶었다. 마치 끊임없이 '왜?'라고 묻는 어린이를 상대하는 기분이었지만 희랑은 겨우 '햄버거 가게 캐릭터 상품이 왜 한 세트 당 한 개뿐이냐'를 설명할 준비밖에 안 되어 있는 어른이었다.

"게다가 알은 왜 있는 것이냐?"

"몰라요. 제발요. 저도 몰라요."

진심으로 모르겠다고요. 사람으로 태어나 알을 낳고 싶어 하는 그런 마음 같은 거. 희랑은 청룡을 탓하지 않으려고 부단히 노력 중이었다. 이 모든 게 청룡의 지대한 실수이고 잘못이란 쪽으로 생각을 돌려 버리면 머릿속이야 편하겠지만 그건 못 할 짓이었다. 말은 뾰족하게 나오더라도, 실수한 번으로 누군가를 '원래부터 그런 사람' 취급하기는 싫었다. 희랑이 누군가를 상처 입히지 않는 법은 그냥 내가 좀 더 불편하게 지내는 거였다.

"청룡이시면 인간한테 자꾸 묻지 마시고 비부터 그쳐 주시면 안 될까요. 혹시 여기를 용궁으로 만드시려는 검은 수작은 아니시죠?"

"그게, 본체를 찾아야…."

희랑은 마침내 이성을 놓아 버렸다. 수면 위로 우산꽂이를 내리치며 소리 질렀다.

"본체. 본체. 그놈의 본체! 본체 타령 좀 그만! 지금 못하면 그냥 못하는 겁니다!"

수잔과 니키, 희랑을 힐끔 본다. 니키, 관자놀이 옆으로 원을 그린다. 찬장에서 멜로디언을 꺼내 연주하는 니키. 감미롭다.

수잔 (노래한다) 내 인생의 세 번째 실수는… 사무실을 지하에 잡은 거야.

허공의 앙상블　　그날 누군가 물었지. 수잔, 이상형이 뭐니?

희랑　　뭐야 이건.

수잔　　난 대답했어. 고무 좆을 만들고 있다는 걸 아는데도 나와 사귀어줄 여자. 이제 더는 바라지 않아. 드라마 속의 여자. 그건 그냥 환상일 뿐.

희랑의 머리 위로 물이 뚝뚝 떨어진다. 희랑, 그냥 맞고 있다.

수잔, 니키가 쓰던 양동이로 물을 퍼낸다.

수잔　　두 번째 실수는 재랑 사귄 거라고나 할까. 오. 세상에. 그건 엄청난 실수였지.

희랑　　얼레?

멜로디언 주둥이를 입에서 뺀 니키가 눈을 깜박이며 수잔을 쳐다봤다. 수잔도 니키를 바라보았다. 앞머리가 촉촉하게 젖은 두 사람의 눈빛이 애틋하게 마주쳤다. 니키가 물었다.

"첫 번째는 뭔데."

수잔이 대답했다.

"너랑 헤어진 거."

희랑의 기분이 참을 수 없이 더러워졌다. 분위기 너무 별론데? 자기들끼리 대만 청춘 드라마 찍으면 다야. 희랑의 발끝에서부터 본체인지 뭔지를 찾으러 떠나야겠다는 생각이 전류처럼 물을 타고 흘렀다. 그때 웃옷 주머니에 넣어 둔 청룡으로부터 다급한 소식이 전해졌다.

"몸이 이상하구나. 마치 녹아내리는 것만 같아. 나 좀 도와 다오."

희랑은 아차 싶었다. 체온에 녹는 제품이지 참. 하지만 이걸 어떻게 몸에 붙이지 않고 물에 담그지 않고 돌아다닌담. 희랑은 그윽한 눈으로 서로를 바라보는 언니들을 버려두고 사무실을 뒤졌다. 한쪽에 쌓인 잡동사니 박스에 오래된 핼러윈 파티 용품이 들어 있었다. 희랑은 주먹만 한 플라스틱 호박 바구니가 달린 머리띠를 꺼내 들었다. 버튼을 누르면 입구가 벌어졌다가 줄어드는 머리띠가 청룡—알을 옮겨 다니기에 안성맞춤이었다. 다만, 이걸 쓰고 돌아다니면 미친 것처럼 보인다는 게 유일한 문제였다. 희랑은 머리띠 끝에서 애교머리를 뽑아내다가 청룡에게 물었다.

"근데 택배를 이미 보냈는데 찾아올 수 있을까요? 김은애 씨한테 오배송됐다고 문자라도 보내야 하나? 곤란하기는 한데. 그분 저희 VVIP거든요."

희랑의 휴대폰에서는 연신 택배 알림 톡이 밀려들었다. 우희랑 고객님께서 발송하신 택배가 아무개 허브에 도착했습니다. 우희랑 고객님께서 발송하신 택배가 아무개 허브를 지나 석삼 너구리 허브로 이동하고 있습니다. 보낸 택배는 한 개인데 오는 메시지만 육십 개쯤 됐다. 덩달아 마음이 조급해졌다. 날씨가 이 모양인데도 회사원들은 출근을 하고 택배는 아무개 허브를 떠나 고객님께 배송 중이다.

"배송 중이란 건 도착하지 않았다는 뜻 아니냐? 지금 쫓아가면 찾을 수 있을 것이다. 날씨가 이리 궂지 않느냐. 저기 봐라, 비에 바람에 아주 야단이구나."

"아이고. 세상에. 누구 덕분인지."

희랑이 문밖으로 한발 내딛는 순간이었다. 별안간 엄청난 세기의 천둥이 내리쳤다. 소스라치

게 놀란 희랑이 휴대폰을 놓치자 그것은 빠르게 물길을 타고 흘러갔다. 희랑이 휴대폰을 뒤쫓아 가는 사이 위챗 알림음이 울렸다. 지민이었다. 아직도 위챗을 쓰는 건 지민뿐이었다.

"하이 빅스비! 언니 문자 읽어 줘!"

니키 언니 문자를 읽어 드릴게요.

— 금고에 있던 먹태 네가 먹었니?

"아이 씨, 그거 말고! 우리 언니 문자 읽어 달라고!"

희랑이 얼굴로 들이치는 빗물을 쉴 새 없이 닦아내며 소리쳤다. 머리 위에 있는 청룡 알이 쏟아지지 않게 하랴 얼굴 닦으랴, 빅스비에게 소리치랴 정신이 하나도 없었다.

우리 언니 문자를 읽어 드릴게요.

— 비 많이 오는데 괜찮은 거지? 비 안 맞는다고 해도 밖에 돌아다닐 때 조심해.

희랑은 그 자리에 우뚝 멈춰 섰다. 휴대폰은 비탈길을 따라 빠르게 흘러가서 하나의 점이 되어 사라져 버렸다. 하지만 지민의 목소리는 길게 남아 있었다. 다정한 인공지능의 목소리가 꼭 진짜 지민의 목소리처럼 들렸다. 희랑은 언니가 보고 싶었다. 희랑의 삶에 이토록 비가 오래 그치지 않은 날은 처음이라 빗속에서 가야 할 길을 찾기가 어려웠다. 언니가 우산을 씌워 주면 비를 맞을 수 있었던 그날처럼 언니가 다시 우산을 씌워 주면 폭우가 그칠 것 같았다. 눅눅하게 멈춰 있는 희랑에게 청룡이 조심스레 말을 걸었다.

"희랑아, 저게 무엇이냐…?"

희랑은 청룡이 일러준 방향으로 고개를 돌렸다. 웬 택시 한 대가 물 위에 떠 있었다. 택시 아래에선 구명정에서나 볼 법한 프로펠러가 돌아갔다. 희랑이 푹 젖은 눈을 크게 떴다.

"아휴. 오늘은 운행을 안 하는디. 워낙에 간절해 뵈니 어쩔 수 없구만."

그리고 희랑의 손에 쥐여진 것은 휘황찬란한 금색의 마이크였다. 마이크가 문제가 아니었다. 택시 내부는 온통 빨간 동백 벨벳 커버로 싸여 있었고 무지개 미러볼이 정신 사납게 돌아가고 있었다. 안 그래도 좀 전에 시원하게 한 곡을 불렀는지 트로트 가수가 기계 화면에서 아쉬움을 토로했다. 한! 곡! 더!

'서울에 이런 스케일의 노래방 택시가?'

"한 곡 뽑아 보셔. 잘 부르믄 태워 줄랑게."

희랑은 눈을 바삐 굴리며 택시 기사 자격증을 찾아 헤맸다. 독수리 선글라스에 가죽 라이더 캡을 쓰신 흰 마초 수염의 오국화 씨는 절망스럽게도 멀쩡한 공인 택시 기사였다. 무슨 노래를 불러야 국화 아저씨의 심기를 거스르지 않을까. 희랑은 머리 위의 청룡에게 소곤거렸다.

"역시… 김연우의 〈이별택시〉?"

심지어 청룡도 아는 노래였다.

"개사해서 부르면 좋게 쳐줄지도 모른다. '알을 품은 손님은 처음인가요.' 어떻느냐?"

"진부혀. 그거 부르면 궁뎅이를 차 버릴껴."

넵. 희랑과 청룡은 꼼짝없이 입을 다물었다. 희랑은 즐겨찾기 목록을 살펴보다가 버즈의 〈활주〉를 발견했다. 활주 어떠세요? 좋지. 우리 마누라가 좋아하던 거여. 깍쟁이처럼 굴던 국화 아저씨는 노래가 시작되자마자 격정적인 락 스피릿을 발산했다. 나중에는 희랑의 목소리보다도 국화 아저씨의 목소리가 더 커져서 택시 천장을 찢을 듯했다. 차 안이 후끈했다.

국화 나를 지켜봐, 끼야아아아아아아아아오오오오오오!

희랑 와….

국화, 앞머리를 멋지게 젖히고 만족스런 표정으로 출발한다. 뒷좌석에 널브러지는 희랑.

"태워주셔서 감사해요. 그런데 아저씨… 이 배, 차, 노래방… 이 택시는 뭔가요?"

"아따. 안 물어볼까 봐 애 탔어잉."

오국화 씨는 비 오는 날 정비소에 들르느라 아내를 구하지 못했다. 몸 상태가 심상찮다는 아내에게 차 상태도 임자 못잖게 심상찮다고, 차가 아주 제대로 퍼졌다고 말해버렸다. 차를 얻은 오국화 씨는 아내의 임종을 지키지 못했고 택시를 하지 말고 헬기를 몰 걸 후회했다. 그다음부터 차를 개조해서 폭우가 오는 날 일부러 나가 헤매는 손님들을 태워주었다. 아내가 노래 부르는 걸 좋아해서 차 안에 노래방 기계를 설치했다. 제주도에서 데려온 아내를 떠올리며 차 안을 동백으로 물들였다.

"그런 줄도 모르고. 솔직히 처음에는 택시 개조 불법 아닌가… 그런 생각만 했어요."

"택시 개조는 불법일껴. 근디 내 사랑은 불법이 아니니께."

오국화 씨는 콘솔 박스에 팔을 기대고 씩 웃었다.

"신고할터?"

택배원이세요? 여자분이시네? 저택 경비의 말에 희랑이 어색하게 웃었다. 국화 아저씨가 춥겠다며 넘겨준 조끼 덕분이었다. 겉보기에는 평범한 조끼였는데, 여섯 개가 넘는 건빵 주머니마다 핫

팩이 붙어 있어 절로 몸이 녹았다. 청룡도 감탄했다. 예로부터 아이템 빨은 운전기사들을 따라갈 수 없었느니라.

"근데 좀 전에 택배 왔다 갔는데?"

경비는 희랑이 젊은 여자인 것을 확인하더니 말이 묘하게 짧아졌다.

"하하, 제가 택배를 잘못 전달드렸더라고요. 처음이어가지고. 여기 김은애 씨 댁 맞죠?"

하여간. 쯧. 경비가 혀를 한 번 차더니 문을 열어줬다.

"구치송 씨 댁이에요. 김은애 씨는 와이프고. 머리에 그건 뭐야?"

"그러니까… 택배사에서 핼러윈 이벤트를 시기보다 조금 이르게 하고 있습니다."

경비원은 아무렴 귀찮다는 얼굴로 손을 휘휘 저어 보냈다. 로비 따라서 쭉 가면 택배 창고 있거든? 택배만 들고 빨리 나오세요. 제아무리 강남구 역삼동이라지만 혀를 내두를 만큼 으리으리한 저택가였다. 이만한 부지가 안 쪼개지고 남아 있다는 것도 놀라웠고, 그것을 통째로 사들여 저택을 지은 구치송 씨의 재력에도 기가 찼다. 대학생 때

과외를 다니며 내로라하는 부잣집을 전전했지만 이만한 스케일은 처음 보았다. 희랑이 정원 길을 따라 걸으며 감탄하는 동안 청룡은 남편의 이름을 곱씹었다.

"구가 치송이라. 어찌 두 글자를 붙이고 거꾸로 뒤집어도 난감한 자로구나."

"아니, 지금 그게 중요한 게 아니라… 저거 청룡언월도 아니에요?"

검은 화강석으로 장식된 로비에 들어서자마자 희랑의 시선을 사로잡은 건 엄청난 기시감이었다. 기시감 수준이 아니었다. 벽에 걸린 청룡언월도는 희랑의 어린 시절 집에 걸려 있던 것과 정확히 같은 물건이었다. 코뿔소의 뿔처럼 솟은 칼날과 적장의 피를 묻힌 듯 불그죽죽한 술. 관우의 손자국을 따라 우그러진 구릿빛 손잡이. 달라진 건 언월도가 매달린 벽의 크기뿐이었다. 희랑의 집에서는 벽의 끝부터 끝까지 빠짐없이 채우고 있던 청룡언월도가 이곳에서는 작은 조형물처럼 느껴졌다.

청룡 역시도 크게 감응한 듯 잠시 말이 없었다. 한때 몸담고 있었던 물건에서 느껴지는 그리움은 이루 말할 수 없다. 희랑의 모친이 연을 끊어버린 이후로 행방이 묘연했던 언월도는 그간 외간의 손을 타 기운이 희미했다. 그러나 청룡은 느낄 수 있었다. 언월도에 담긴 청룡기가 이 아이를 강하게 끌어당기고 있다는 사실을. 이를 증명하듯 희랑의 걸음이 무의식적으로 청룡언월도에 차츰 가까워졌다. 언월도 위에는 미세한 음각으로 전구가 적혀 있었다.

夜有二蒼龍自天而下, 來附徵在之房, 因夢而生夫子*

"희랑아. 읽거라."

청룡이 아련한 목소리로 말했다. 희랑은 얼떨떨한 눈으로 머리 위를 올려다봤다. 일전과 비슷한 어투였으나 왠지 모르게 에코가 들리는 것 같은 음성이었다.

청룡은 말했다.

"사실 내 너에게 일러주지 않은 게 있다. 현세에 있는 청룡의 봉인을 푸는 데는 두 가지 방법이 있느니라."

---

* 밤에 두 마리의 푸른 용이 하늘로부터 내려와 징재의 방으로 들어오는 꿈을 꾸고 공자를 낳았다.

"그걸 왜 이제 말씀하세요."

"하나는 본체를 찾아 파괴하는 것이요. 둘은 관우의 후계가 청룡이 깃든 물건의 전구를 읽는 것이다. 내 이리 낯선 곳에서 친우와도 같은 언월도를 발견할 줄 알았겠느냐."

"야… 유… 이… 못 읽겠는데요?"

"뭐? 왜!"

청룡은 어처구니가 없었다. 늘 곁을 따라다니며 모시던 어처구니 사화상도 없었고 그냥 어처구니도 없었다. 청룡은 세상에 홀로 남겨진 듯한 기분이 들었다.

"말이 되는 소리를 하거라! 어찌 고귀한 관우의 후예가 전구 하나를 못 읽는단 말이냐. 어릴 적에 한자 공부도 안 했느냐? 천자문도 안 뗐어?"

"언제 적 천자문이에요! 엄마가 밖에서 중국어 읽지 말라고 했다고요. 때로는 모르는 게 아는 것보다 만 배 나은 법입니다."

"내 말은 그 말이 아니지 않느냐."

"알겠어요, 알겠어."

희랑은 청룡의 투정을 잠재우기 위해 휴대폰

을 꺼내려 했지만 빈 주머니였다. 이럴 때 사진을 찍어 번역할 수 없다니 낭패였다.

옥신각신하고 있는데 멀리서 누군가 다가오는 소리가 들렸다. 희랑은 재빨리 계단 아래의 빈 공간으로 숨었다. 계단에 가림막이 있어 자세히 보지는 못했지만 긴 원피스 자락이 바닥을 쓸고 지나가는 듯했다. 구치송 씨의 와이프인 김은애 씨. 희랑은 그녀의 이름을 익히 봐서 알고 있었다. 매번 시즌오프 구매자 명단에서 빠지지 않았으며 이번 청룡 대가리 오비포지터 체험단에도 선정된 CBD의 우수 고객이다. 희랑은 각종 OTT에서 봐 온 부잣집 마님의 은밀한 취미에 대해 생각하다가 고개를 세차게 저었다.

"방금 이상한 생각 했지?"

"생각 읽지 마세요!"

"읽은 적 없단다. 네 표정이 야릇했을 뿐."

희랑은 서둘러 택배 창고를 향해 갔다. 몸을 낮게 숙이고 복도를 지나는데, 벽에 걸린 그림 액자들이 하나같이 오묘했다. 명화라기에는 알아볼 수 있는 게 거의 없었고 금장 액자 속에 담긴 내용을 보고 있으면 기이한 느낌이 들었다. 내용이라 하면 전부 여자를 학대하는 괴물에 대한 이야기였다. 여자의 목을 조르는 뿔이 달린 남자. 벽돌로 여자의 머리를 내리치려는 괴물과 도망치는 여자. 잠든 여자의 손가락을 잘라 전시하는 괴물. 그림 속 괴물들은 모두 거대한 성기를 몸 밖으로 꺼내놓고 여자의 위에 서서 군림하는 제스처를 취하고 있었다. 단순히 부잣집 사람들의 그로테스크한 취향이라기에는 심히 불쾌했다.

창고에 들어서자 퀴퀴한 냄새가 났다. 애써 고급 디퓨저로 가리려 했지만 해묵은 종이와 나무 상자의 냄새, 습기와 깊은 곳의 곰팡내를 숨기기는 어려웠다. 희랑은 재채기가 나오려 하는 코를 감싸 쥐고 창고 안으로 숨어들었다. 최근에 온 택배들은 오크색의 나무 테이블에 놓여 있었다. 희랑은 언뜻 보고도 택배들의 정체를 알아보았다. 깔끔한 이중 포장. 가지런한 타이포의 송장. 귀퉁이까지 각 맞춰 접힌 검정색 비닐과 '생활용품' 같은 문구. 수십 개는 되어 보이는 최근 택배들은 모두 제각기 다른 숍에서 배송된 성인용품들이었다. 희랑은 저도 모르게 미간을 찌푸리고 CBD의 포장을 찾아 뒤졌다. 모든 택배를 다 살펴보았지만 퀵으로 보내 쇼핑백에 담겨 있을 CBD의 제품만은 보이지 않았다.

그때 공단 원피스를 입은 여자가 다시 이쪽으로 걸어왔다. 아까는 몰랐는데 그녀가 걸을 때마다 아주 작게 발치에서 찰그랑대는 소리가 났다. 여자가 창고의 문을 열었다. 희랑은 숨을 참고 테이블 아래로 몸을 밀어 넣었다. 하지만 머리 위로 툭 튀어나와 있던 머리띠가 아래로 고꾸라지면서 청룡 알이 바닥에 굴러떨어졌다. 희랑이 눈을 감고 아랫입술을 꽉 깨물었다. 난 이제 망했다. 언니들 따라 고무 좆을 만들다가 인생까지 좆되어버릴 줄은. 그런데 여자, 그러니까 김은애 씨가 테이블 앞에 서서 아무 말도 없는 것이었다. 희랑은 감았던 눈을 희미하게 떴다. 분명 테이블 아래로 팔락이는 원피스 자락은 아까 봤던 것과 같은데. 왜 머리채를 붙잡아 신고하지 않는 거지? 신고하기에는 비가 너무 많이 오나? 택배 배송은 와도 경찰은 출동하지 않는다, 이건가? 희랑이 오만 생각을 하고 있을 때 테이블 아래로 종이쪽지가 하나 떨어졌다. 은애 씨는 그대로 창고를 나가 버렸다.

✳

희랑은 엉금엉금 기어서 청룡 알부터 주웠다. 엄지와 검지로 조심히 집어 머리띠의 호박 주머니 속에 다시 넣고, 머리띠를 찼다.

"방금 뭐죠? 어째서 안 잡혀간 거죠? 김은애 씨가 아니었던 걸까요?"

종이쪽지에는 이렇게 쓰여 있었다.

— 생리대 좀 빌려주세요.

희랑은 본능적으로 직감했다. 평범하기 짝이 없는 문장에 뒷덜미가 선득했다. 한국 여자라면 원수에게도 생리대는 빌려준다.

은애 씨는 지금 도움을 요청하고 있는 것이다. 정확히 무슨 일이 일어나는지는 알 수 없었지만, 그런 것 같았다. 창밖에서는 빗물이 넘실거렸다. 희랑의 눈높이까지 물이 차 있었다. 은애 씨는 이 집에서 도망칠 수 없을 것이다. 한 발만 내딛어도 헛디뎌 넘어지기 딱 좋은, 물에 젖으면 몸이 늪처럼 빠져 허우적대는 그런 드레스를 입고서. 은애 씨의 발목에서는 왜 찰그랑대는 소리가 났을까? 그녀는 이렇게 넓은 집의 차가운 바닥재를 왜 맨

발로 밟고 다녔을까? 그동안 CBD의 물건을 구입했던 사람은 정말로 은애 씨가 맞을까? 희랑의 심장이 거세게 뛰었다. 은애 씨를 도와드려야 할 것 같아요. 희랑이 더듬거리기 무섭게 바깥에서 무언가 '쿵'하고 쓰러지는 소리가 났다. 희랑이 문 밖으로 고개를 내밀었다.

은애 씨였다. 쓰러진 은애 씨가 검은 망토를 입은 남자에게 발목을 잡혀 끌려가고 있었다. 잡힌 발목에서는 묵직한 철제 족갑과 사슬이 철렁거렸다. 희랑은 주변을 살피며 남자를 따라가려고 했다. 청룡이 희랑을 잡아 세웠다.

"언월도를 뽑아 가거라."

희랑은 로비 건너편에 반사되어 보이는 언월도의 실루엣을 보고 마른침을 삼켰다.

"하지만 너무 무거워요. 들 수 없을 거예요."

"괜찮아! 내가 도와주마. 이 집에 들어오고부터 기운이 이상해. 분명히 이곳 어딘가에 본체가 있다."

청룡언월도의 손잡이를 붙든 희랑은 팔을 타고 들어오는 강한 청룡기에 몸이 떨렸다. 정확히는 손가락의 베인 자국을 따라 새파란 만경창파의 운기가 흘러넘치는 것 같았다. 언월도가 후예의 피를 알아본 것이었다. 희랑이 찬 숨을 뱉으며 고전하자 청룡이 따뜻한 목소리로 희랑을 달랬다.

"봉 무게는 조상님이 들어 준다는 말도 있지 않느냐. 네가 나를 도와 예까지 왔는데 어찌 내가 너를 돕지 않겠느냐."

"염병, 모르겠다!"

희랑은 두 손으로 힘껏 청룡언월도를 뽑아 들었다. 여전히 몸을 타고 들어오는 청룡기는 부담스러웠지만 언월도의 무게가 놀랄 만큼 가벼웠다. 가자꾸나. 청룡이 이를 악물고 계단을 오르는 희랑의 등을 밀어주었다.

구치송. 커뮤니티 통칭 미스터 구. 그는 남들에게 자신의 본명을 부르는 걸 허락하지 않았다. 웬만한 사람은 그의 맨얼굴을 볼 수도 없었다. 그는 언제나 가면을 쓰고 있었으며 두꺼운 망토로 몸을 가리고 안개를 부리는 도사처럼 숨어 다녔다.

그의 남모를 취미는 아내인 은애 씨와의 성관계를 비디오로 찍어 사이트에 공개하고 새디스틱한 플레이를 즐기는 사람들 사이에서 우상으로 군림하는 것이다. 준수한 집안. 어마무시한 학벌. 아름다운 아내. 뒤처지지 않는 얼굴. 그는 주변부의 모든 것을 가졌다고 생각했지만 스스로도 실속이 없다는 걸 알고 있었다. 작은 키와 그보다 더 작은 중심. 정말 절망적일 정도로 새끼손톱만 한 성기를 가진 그는 열등감에 절어 있었다. 젊은 시절 사귀었던 첫 여자 친구가 자신과의 잠자리 이후 친구들과 나눈 얘기를 몰래 엿듣고 나니 제정신으로 살아갈 수 없었다.

⚠ 다음은 치송의 기억 속에서 수억 번째 각색된 내용으로, 열등감 · 피해의식 · 자격지심이 더해져 실제와는 다를 수 있습니다. 또한 새벽에 여자 숙소로 몰래 찾아가 대화 내용을 엿듣는 것은 스토킹 범죄에 해당하며 3년 이하의 징역 또는 3천만 원 이하의 벌금형에 처해질 수 있습니다.

그녀의 친구 걔랑 해 봤어?

치송의 그녀, 말없이 새끼손가락을 든다.

그녀의 친구 …전이야 후야?

치송의 그녀, 새끼손가락에 대고 입바람을 후 분다.

치송은 그 꿈을 꿀 때마다 잠에서 깨어나 우레와 같은 비명을 질렀다. 그는 어떻게 하면 은애씨를 더 철저히 망가뜨릴 수 있는지 매일 같이 생각했다. 그게 자신의 위용을 증명하는 수치가 될 것 같았다. 온갖 흉물스러운 성인용품을 사 모았지만 늘 부족했다. 더 파괴적인 게 필요해. 더 크고 더 아파야 한다고. 인간성을 잃었다고 생각되어서 창문 밖으로 스스로 몸을 던지고 싶을 정도로 수치스러워야 한다고. 그때 CBD의 특별 프로모션 '65센티미터 청룡 오비포지터—우수 고객 한정 체험판 키트'를 발견한 것이었다. 치송은 치솟는 입꼬리를 주체할 수 없었다. 이런 날만을 위해 온갖 성인용품 사이트에서 닥치는 대로 물건을 사며 고객 등급을 올려놓았다. 그는 마치 하나의 쇼처럼 오늘의 플레이를 준비했다. 하늘마저 도운 듯 몇 번이고 도망치려는 은애가 완전히 포기하도록 폭우를 쏟아내었다.

치송은 기절한 아내를 눕혀 두고 허리에 페니

반을 찼다. 페니반의 연결부에 청룡 대가리 오비포지터를 착용하자 자신 안의 진정한 '남성'이 마침내 고개를 든 기분이 들었다.

"꺼져, 이 새끼야—!"

치송은 중심에 청룡 대가리를 매단 채로 엉거주춤하게 멈춰 섰다. 맨몸에 망토와 가면과 딜도만 찬 상태였다. 핼로윈 호박 머리띠를 하고 택배원 조끼를 입고 로비에 전시되어 있던 청룡언월도를 든 여자가 문을 박차고 뛰어들더니 씩씩대며 언월도의 끝을 자신에게 겨누었다.

희랑은 치송을 위아래로 훑어보다가 언월도의 조준 방향을 바꾸었다. 치송의 머리를 향해 있던 언월도가 중심에서 꺼떡대는 청룡 대가리를 향했다. 위협을 느낀 치송이 두 손으로 중심을 가렸다. 평소 같으면 두 손으로 충분히 가려졌을 텐데 분수에 맞지 않는 물건을 찬지라 청룡 대가리가 자꾸만 좌우로 왔다 갔다 했다. 반동을 가지고 둥실거리는 모습에 적어도 위압감은 없었다. 청룡은 아주 약간 울적했다. 나의 환생처가 이토록 경박한 물건이라니. 사화상아… 이 화상아. 희랑은 치송과 대치하다가도, 저도 모르게 윗잇몸을 드러내며 불쾌한 얼굴을 했다. 계속 보고 있으니 뇌가 더러워지는 기분이었다.

"은애 씨에게서 떨어져요. 고무 좆 대가리 함부로 놀리다간 정말 사고를 면치 못할 거예요?"

"웃기는 소리!"

희랑은 그의 반론을 들어주지도 않고 빨간 불이 깜박이는 카메라를 발로 차서 넘어뜨렸다. 천장에 매달린 카메라를 향해 언월도를 휘두르자 고프로가 박살나며 치송의 머리 위로 떨어졌다. 치송은 찬장 쪽으로 황급히 고개를 돌렸다. 정면의 찬장 깊숙이 하나의 카메라를 더 심어 두었다. 그것만은 어쩌지 못할 것이다. 방의 중앙에 있는 침대와 은애 씨를 사이에 두고 희랑과 강강술래하듯 주위를 돌던 치송은 빠르게 손을 뻗어 은애의 치마를 들추려고 했다. 희랑은 분노가 차올랐다. 앞에서 이렇게 대검을 들고 설치는데도 사리 분별을 못하고 여자를 겁탈하려 해? 정말로 현실감각이 없는 것은 이런 거였다. 말하는 청룡 대가리나 청룡 알이나 머리까지 차오르는 빗물 같은 게 아니라. 현실감각을 상실해서 여자면 무조건 발

아래 둘 수 있다고, 이겨 먹을 수 있다고 자만하는 이런 남자들이 희랑은 가장 지긋지긋했다.

"희랑아. 침착해라. 저 치의 행동이 매우 부자연스럽구나. 하늘에서 상제가 후계 시험을 하는 것일지도 몰라. 아주 위험하지는 않을 테니 우선 진정하고…."

"개소리 마세요, 이건 현실이니까!"

희랑은 치송의 중심을 향해 수직으로 청룡언월도를 내리찍었다. 고환과 아주 가까운 부분이었다. 청룡 대가리가 통째로 잘려 나가자 치송이 울부짖었다. 잘린 청룡 대가리에서 대여섯 개의 알이 울컥울컥 쏟아져 나왔다. '안 돼 어째서, 나의 남성이…' 따위의 중얼거림과 함께 중심부를 쥐고 주저앉은 치송을 향해 희랑이 기가 찬 소리를 냈다. 여자가 만든 고무 좆에 자아를 의탁해서 '나의 남성' 같은 소리를 하는 거야? 저거 하나 잘렸다고 아마 자기가 죽었다고 생각하겠지? 기막혀. 희랑은 역겹고 끔찍했지만, 왠지 모르게 위로해야만 할 것 같았다. 이제 와 보니 이런 것도 다 좋게 좋게 생각하려고 노력한 관성이었다.

"기운 내세요. 워낙 쪼끄매서 원래 건 안 잘린 것 같으니까."

희랑이 은애를 일으키는데 바닥을 구르던 청룡 오비포지터가 반으로 쩍 갈리며 그 안에서 푸른 구름이 피어올랐다. 방 안을 가득 채울 정도로 풍성해진 구름은 용의 형상이 되었다가 이내 사람의 형상으로 변했다. 천장에 삼각형으로 난 유리창으로 하늘이 개이는 풍경이 보였다. 햇살이 방 안으로 쏟아져 들어왔다. 희랑은 멍하니 스크린도어처럼 날이 개는 모습을 보고 있다가 가벼워진 팔을 느꼈다. 짙은 청회색 운기가 은애의 발목에 걸린 사슬과 족갑을 깨어 부쉈다. 구름 속에서 걸어 나온 사내가 은애의 입에 숨을 불어넣자, 뺨에 생기가 돌았다. 은애는 침대 위에서 편하게 잠들어 있는 모습이 되었다. 희랑이 사내에게로 고개를 돌렸다. 발끝까지 넘실거리는 파란 머리카락과 섬세한 눈꼬리가 아름다웠다. 이마 중앙과 목에 난 비늘의 모양은, 앗, 저건 분명히 최고의 야애니 회사 하론 사의 A씨의 작품… 아니. 이게 아니라… 그는 청룡이었다. 청룡이 희랑에게 고개를 숙여 감사를 표하고 있었다.

사무실 바깥으로 하얀 증기를 뿜으며, 과일 트럭이 지나갔다.

"딸기, 각종 딸기 팝니다. 갑진년이 밝았습니다. 모두들 새해 복 많이 받으시고 과일도 많이 사 주십시오. 딸기. 설향 딸기 있습니다. 달콤새콤한 딸기. 당도는 최고. 딸기 있습니다. 귤도 있습니다."

세상은 원래대로 돌아왔다. 수잔과 니키가 도로 사귀는 일은 없었지만 그들은 여전히 점심을 먹고 마작을 쳤다. 멜로디언을 연주하면서 되도 않는 노래를 불렀다. 요새는 화장품이나 초콜릿 같은 제품이 청룡 디자인 프로모션을 하기는 했지만 65센티미터 청룡 대가리 딜도 같은 걸 세상에 내놓으려는 검은 세력은 존재하지 않았다. 하지만 청룡은 아직 하늘로 돌아가지 못하고 희랑의 사무실에 있었다.

"빨리 가세요. 아저씨만 가시면 다시 평범한 일상이 돌아오는 데 협조 좀요."

"대체 어째서 후계를 맡아 주지 않겠다는 것

이냐."

언월도도 잘 쓰고. 깡도 있고. 참을성은 좀 부족한 것 같지만. 언어 습관도 그리 좋지 않고 중어도 쓸 줄 모르지만. 역사 지식도 턱 없이 결여되어있다만. 그래도 너 아니면 적임자가 어디 있단 말이냐. 말을 하면 할수록 밑천이 까이는 청룡에게 희랑은 고개를 휘휘 저어 보였다.

"거 보세요. 전 청룡 같은 엄청난 일을 할 만한 재목이 못 된다니까요."

희랑은 운을 띄워 놓고 입으로 '습' 소리를 내며 청룡을 보았다. 희랑의 눈이 점점 가늘어졌다. 이 청룡은 과연… 재목이 되어서 청룡에 오른 걸까? 물론 잘 모르겠지만. 왜 그렇게 보느냐? 아무것도 아니에요.

"절 아주 제대로 보셨어요. 전 인내심도 쥐꼬리만 하고요, 별로 교양도 없고요. 한자도 하늘 천 따 지, 밖에 몰라요. 좀 비겁하고 융통성은 과하게 있고 다시 말해 엄청 인간적이에요. 썩 나쁘지도 좋지만도 않은 의미로."

청룡은 곤란한 표정으로 이마를 짚었다. 고전 영웅들처럼 마음을 돌려 하늘에 올라가 주겠다고

할 줄 알았는데 낭패인 얼굴이었다. 희랑은 창밖을 내다보았다. 화창한 날씨가 연일 계속되면서도 사람이 적게 다니는 밤에는 가끔 비가 내렸다. 눈앞의 청룡은 인세를 버릴 만한 배포가 못 되었다. 미련하고 섬세하면서 고집스럽다. 물러나려다가도 딱 한 번만 더 세상을 두루 살펴 달라고 하면 꾹 참고 돌아올 만큼 깊은 마음을 가졌다. 희랑은 그런 사람을 한 명 더 알았다.

"대신에 제 소원 하나 들어주시면 인재 등용문을 한 번 열어 드릴게요. 재목이 되는 사람을 알거든요?"

"정말이냐?"

"네. 우리 언니요."

친족 로비 아니고요. 저도 못 만난 지 꽤 돼서 연락 좀 해 봐야 하거든요? 희랑은 늙다리 청룡을 앞에 세워 두고 상사처럼 결재를 기다리게 하는 과정이 조금 재미있었다. 희랑은 여기까지가 정말 몸에 잘 맞았다. 그냥 시시껄렁한 농담 속에서 이리 치이고 저리 치이고, 용이 함유되지 않은 딜도를 만들어 팔면서 간밤에 덕분에 잘 잤다고 하는 후기들을 읽는 나날이 즐거웠다.

청룡이 일단 돌아가고 난 후 희랑은 오랜만에 압축 팩을 꺼내 여행 짐을 담았다. 어릴 적부터 아빠의 고향에 자주 놀러 간 지민이 알려 준 팁이었다.

희랑은 휴대폰을 새로 사려다가, 위챗 PC 버전에 로그인하려다가, 화상 통화를 켜 보려다가, 충칭행 비행기 표를 예매했다. 그리고 아직 후계를 정하지 못해 천신을 떠맡고 있는 청룡에게 사사로운 소원을 빌었다. 택시 기사 오국화 씨의 꿈에 아내가 나오게 해주세요. 직접 어느 환생에서든 만나게 해주시면 더 좋을 것 같기는 한데 그건 또 인세의 법칙을 깨뜨리는 짓 같아서 저는 잘 모르겠네요. 아무튼 청룡 오마카세 부탁드려요.

희랑은 길게 뻗은 무빙워크 위에서 직접 캐리어를 끌고 걸었다. 주변을 살펴보고, 텅 비어있는 무빙워크 위에서 빠르게 달렸다. 그동안 단순하게 살자고 말하면서 누구보다 복잡하게 살고 있었다는 걸 깨닫고 약간 부끄러웠다. 보고 싶으면 보러 가면 되는 것이다. 어떻게 답장을 보내야 할지 몰라 머릿속에 수만 가지의 말이 떠오른다면 전화를 걸어 다 말해버려도 된다. 지민은 그런 걸 못 하게 할 사람이 아니었다. 세상의 모든 조심스러운 일을 지민이 다 하고 있었기 때문에 희랑은 지민에게 과감히 달려갈 수 있었다.

그간 해 본 적 없는 말을 하고 싶었다. 지민이 청룡과도 같이 서 있었기 때문에 희랑은 인간답게 살 수 있었고 사소해 마지않은 고민만 해왔다고. 그것이 아주 고맙다고. 지상의 연못에 살기에는 너무 커다란 언니가 어떤 선택을 하든지 응원할 거라고. 언니가 굽혔던 허리를 펴고 일어서면 하늘까지 닿을지, 언니가 다스리는 하늘에는 얼마나 파란 구름이 피어날지 궁금하다고 말이다. 희랑은 발걸음이 가벼웠다. 축지법을 쓰는 것 같았다.

탑승 게이트 근처의 어묵 부스에서 어묵을 먹는 희랑. 가게 안에서 신화의 〈Wild eyes〉가 흘러나온다. 고개를 까딱이며 내적 댄스를 추는 희랑. 그때 뒤에서 누군가 희랑의 뒤통수에 총구를 겨눈다.

누군가 (입으로) 철컥.

희랑　…뭔데.

누군가　한 번 범인이 된 자의 인생이 순탄할 순 없는 법. 방금 입으로 소릴 냈지만 이건 진짜 총이다. 우가의 희랑. 청룡기를 타고난 자여.

희랑　(울상이다) 아 왜. 왜 또. 어제 끝났다며. 승계 안 미루고 영감들이랑 제대로 싸워 보겠다면서요. 뭘 제대로 하는 게 없어.

누군가　아직 말 덜 했는데… 청룡기를 타고난 자여. 어찌할 텐가.

꼬치를 내려놓고 마른세수하는 희랑. 청소 이모님이 벽에 기대 놓고 간 대걸레를 발견한다. 대걸레에서 짙은 푸른빛이 흘러나온다. 손잡이에 붉은 술도 달려 있다. 희랑, 외면한다.

희랑　설마. 에이. 그냥 가시면 안 돼요? 가셔도 별일 안 날걸요.

뒤통수에서 '철컥' 소리가 난다. 희랑, 체념한 얼굴로 대걸레를 집어 든다. 익숙한 그립감.

잠시 후, 충칭행 비행기 아시아나 항공 HB767이 출발합니다. 승객 여러분께서는… 희랑은 입술을 꽉 깨물고 시간을 확인했다. 이륙까지 약 8분 남은 시점이었다. 희랑은 등 뒤의 괴한을 향해 구정물과 청룡기가 방울져 떨어지는 대걸레를 휘둘렀다. 대낮에 공항에서 사람 둘이 총과 대걸레로 싸우고 있는데 주변의 반응이 지나치게 평온했다.

희랑은 몸을 낮춰 총알을 피하며 하늘을 향해 소리쳤다.

"일 좀 빨리빨리 하시라고요!"

희랑의 고함에 화답하듯, 번개도 없이 천둥이 쳤다. 천둥의 높낮이가 꼭 청룡의 대답 같은 운율이었다. 청룡은 쩔쩔매고 있었다.

'미안하구나… 내가 어떻게든…'

희랑은 이를 악물고 대걸레로 괴한을 밀어붙였다. 괴한의 워커가 공항 바닥에 마찰하며 찍찍대는 소리를 냈다. '어떻게든'은 무슨. 어떻게든 언니를 만나러 가야 한다. 7분 안에 이 자식 해결하고 한국 땅 뜬다. 난 이런 일, 평생 못 해! 어차피 듣는 사람도 없겠다, 체면 차릴 필요도 없었다. 희랑이 괴성을 내지르며 머리 위로 대걸레를 쳐들었다.

"넌 죽었어!"

그녀의 엄청난 기백에 괴한의 얼굴이 파랗게 질렸다. 부드러운 멜로디와 함께 탑승 안내 방송이 반복되었다.

작가의 말

원래는 이래저래 쓸 말이 많았다. 코미디라는 장르에 왜 이렇게 애정을 가지게 되었냐거나 어쩌다 스릴러 장르에 손을 대게 되었냐는 등 누군가에게 보여줄 때마다 많은 질문을 받았던 소설들이라. 그런데 애석하게도 출간 두 달 전(작가의 말을 쓰고 있는 현재) 보이스피싱을 당하고 말았다. 정말 프로페셔널하게 아무렇지 않은 척하고 싶었으나 그러지 못했다. 이 단편집을 끝까지 읽고 대강 작가의 성격을 파악하신 분들께서는 아시겠지만 아무렇지 않지 않은데 아무렇지 않은 척을 어떻게 한단 말인가. 머릿속에 '블랙코미디 쓰다가 제 인생이 블랙코미디가 되었습니다. 모두 보이스피싱 조심하세요.'라는 문장 외에 아무것도 남지 않은 채로 이 글을 적고 있다.

죽이 돼도 밥이 돼도 감사한 분들이 있다는 건 변함없으니 심심한 감사 인사를 전하려고 한다.

이 소설들을 재미있게 읽어준, 언제나 무한한 자신감을 주는 나의 친구들. 은진, 지민, 해솔 언니. 또 가능성을 눈여겨 봐주신 설재인 작가님. 저의 개성을 십분 존중해주시고 소중한 지면을 내어 꿈을 펼칠 수 있게 해주신 그늘 출판사 기획편집팀과 흘러넘치는 열정으로 이어달리기를 해주신 구현희 편집자님. 항상 응원을 아끼지 않아 주시는 장르문학분과 친구들과 김일환 교수님. 세상에서 두 번째로 사랑하는 글보다도 더 많이, 글로다 표현할 수 없을 만큼 사랑하는 영원한 나의 첫 번째 우리 엄마. 감사드리고, 모두 행복하시고, 바라던 일 다 이루시는 2026년이 되시길 바랍니다.

보이스피싱 피해를 해결하는 지난한 여정 중 어떻게든 긍정 회로를 돌려 보고자 수많은 생각을 했다. 이를테면 이 얘기도 소설로 쓰면 남들이 보기에는 웃기지 않을까, 아주 구체적으로 쓸 수 있겠다, 나름 블랙코미디 단편집이라는 타이틀을 걸고 나오는데 진정성 하나는 끝내준다, 같은 생각이다. 여러 웃기지도 않은(그러나 스스로를 웃기려 사무치게 노력한) 상상들을 하며 얻은 결론은 하나다.

내가 이런 생각도 할 수 없는 사람이었다면 영영 절망에서 빠져나오지 못하고 더 오랜 시간을 허우적거렸을 것이라고. 이러나저러나 금지옥엽 소중하게 키운 첫 단편집이다. 인생은 가까이서 보면 블랙이고 멀리서 보면 코미디라니까 이 책은 내가 보고 있는 근간의 인생사를 열심히 담아낸 집합체라고 볼 수 있겠다. 올해는 무슨 일이 있어도 멀리서 쳐다보고 웃을 수 있는 사람이 되려 한다. 원래도 할 줄 알았지만, 더 잘.

마지막으로 여러분 모두 보이스피싱 조심하시기를 바랍니다. 행복하세요.

Geuneul
단편선 002

나나처럼 입기

초판인쇄 2026년 1월 30일
초판발행 2026년 1월 30일

지은이 오조
발행인 채종준

출판총괄 박능원
책임편집 구현희
디자인 박능원
마케팅 문선영
전자책 정담자리
국제업무 채보라

브랜드 그늘
주소 경기도 파주시 회동길 230(문발동)
문의 ksibook1@kstudy.com

발행처 한국학술정보(주)
출판신고 2003년 9월 25일 제406-2003-000012호
인쇄 북토리

ISBN 979-11-7457-315-5 03810

그늘은 한국학술정보(주)의 소설 출판 전문브랜드입니다.
더운 여름날 그늘 밑에서 편하게 읽을 수 있는 책이라는 의미를 담았습니다.
세상에 없던 스토리를 발굴하고, 우리가 닿지 못한 세계의 그림자를 찾아봅니다.
스토리 속 일상의 즐거움을 발견할 수 있도록 이야기의 쉼터가 되겠습니다.

@geuneul_book